까다롭게 좋아하는 사람

까다롭게 좋아하는 사람

엄지혜

마음산책

까다롭게 좋아하는 사람

1판 1쇄 발행 2024년 1월 20일
1판 6쇄 발행 2025년 4월 25일

지은이 | 엄지혜
펴낸이 | 정은숙
펴낸곳 | 마음산책

등록 | 2000년 7월 28일(제2000-000237호)
주소 | (우 04043) 서울시 마포구 잔다리로3안길 20
전화 | 대표 362-1452 편집 362-1451 팩스 | 362-1455
홈페이지 | www.maumsan.com
블로그 | blog.naver.com/maumsanchaek
트위터 | twitter.com/maumsanchaek
페이스북 | facebook.com/maumsan
인스타그램 | instagram.com/maumsanchaek
전자우편 | maum@maumsan.com

ISBN 978-89-6090-862-8 03810

* 책값은 뒤표지에 있습니다.

자신의 호오를 정확히 인지하고 표현하는 사람과는

오랫동안 관계 맺고 싶다.

첫 책『태도의 말들』이 10쇄를 찍는다는 이야기를 들은 날, 한 꼭지가 절로 쓰일 줄 알았다. 웬걸, 그때로부터 벌써 3년이 흘렀다. 두 번째 책은 어떤 내용으로 쓸까, 어떤 출판사와 계약해야 할까 고민하다가 첫 책에 아이디어를 준 후배에게 물었다.

"나, 어떤 이야기를 쓰면 좋을까?"

"음, 저는 선배가 사람 이야기를 쓰면 좋겠어요. 제일 잘 쓸 것도 같고요."

후배와 헤어지고 집에 돌아오는 날, 마음먹었다. "그래, 사람 이야기를 하자."

『태도의 말들』이 출간되고 나서, 오래전 인터뷰 현장에서 딱 한 번 만났던 편집자로부터 장문의 메일이 왔다. 당신이 싫어하는 것들에 관해 쓰자고. 앗, 내가 싫어하는 것이 무진장 많은 사람이라는 걸 어떻게 눈치챘지? 하지만 '싫어하는 것'을 쓴 책을 누가 읽어줄까? 써도 되는 글일까? 고민이 되어 정중히 거절했다. 다만 그 편집자님이 나를 정확히 간파한 것은 분명했다.

오래 지켜보고 천천히 좋아한다. 나에게 '금사빠' 기질은 전무하다. 까다롭게 살피는 대신 한번 마음을 주면 웬만하면 끝까지 간다.

아무래도 난 소박한 사람이 좋다. 욕심이 적은 사람이 좋다. 내가 욕망이 크지 않아서일까? 아니면 많기 때문일까? 곰곰이 따져보니 나는 욕망이 적지도 많지도 않은 사람이지만, 자족하는 사람들을 존경하는 것 같다.

사람들을 예민하게 본다. '저 사람이 이토록 완고한 까닭은 무얼까? 성장배경에서 만들어진 걸까? 후천적인 경험으로부터 온 것일까?' '이 사람은 왜 이렇게 많은 이들에게 사랑을 퍼주고 싶어할까?' '저 사람은 도대체 왜 타인의 도움을 받는 일을 이토록 어려워하나?' '엥, 이 사람은 왜 허구한 날 미안하다고 하나? 그렇게까지 미안한 일은 아닌데.' 나는 하루 중 꽤 많은 시간을 타인의 행동을 파악하는 데 쏟는다.

다행히 요즘은 싫어하는 사람이 별로 없다. 연민이 많아진 것도 아니고, 너그러워진 것도 아닌 듯한데 이상하게도 모든 이가 다소 쓸쓸해 보인다. 하지만 싫어하는 사람이 한 명도 없는 것은 아니다. 내게 큰 피해를 주진 않았지만 내상을 입힌 사람들은 멀리하는 중이다. 이 책을 쓰면서 나를 힘들게 한 사람들을 마음속에서 서서히 지워버리고 싶었다. '좋아하는 사람'을 많이 생각하는 일을 취미 삼아 싫어하는 사람을 떠올리는 일에 에너지를 쓰지 않고 싶다. 할 수 있을까?

저는 아무 문제 없어요.
제가 더 영광이죠.
편하게 하고 싶은 말 다 하셔도 됩니다.

『태도의 말들』을 만들면서 이기호 작가님께 문장 인용 허락을 구한 메일에 온 답장이다. 어찌나 큰 용기가 됐던지. '편하게 하고 싶은 말 다 하셔도 된다'라는 격려와 용기. 이 짧은 세 문장은 아무나 쓸 수 있는 글이 아니다. 머릿속에 복잡한 일들이 가득할 때, '내가 말해도 되나?' '내가 써도 되나?' '표현해도 되나?' 고민될 때, 나는 이기호 작가님의 말을 떠올린다.

"편하게 하고 싶은 말 다 하셔도 됩니다!"

2024년 1월

엄지혜

차례

불편한 관계를 받아들이는 사람

만인에게 좋은 사람이 되고 싶은 사람을, 나는 좋아하지 않는다. 나쁜 사람에게는 나쁜 사람이 되어야 진짜 좋은 사람 아닌가. 『출근길의 주문』을 쓴 이다혜 작가는 한 인터뷰에서 "꼰대인 사람과 관계를 잘 맺으면 초고속으로 꼰대가 된다"라고 했다. 인터뷰를 읽으며 나는 속으로 크게 맞장구를 쳤다.

여전히 풀지 못한 숙제가 있다. 내가 싫어하는 사람과 어떻게 관계를 맺을 것인가. 감정을 숨길 것인가, 들킬 것인가. 숨기려고 노력해도 들켜버리는 성격이긴 하지만, 누군가를 싫어하는 마음이 제3자에게 불편함을 줄 때는 어떤 제스처를 취해야 할까. 인터뷰하며 만난 한 저자는 내게 말했었다. "같이 싫어하는 상사가 있을 때, 선배가 자원해서 그 상사와 대립해주면 후배가 좋아할까요? 대부분 그렇지 않아요. 그럭저럭 관계를 잘 유지해서 팀 분위기가 나쁘지 않게 해주는 것, 더 바랄지도 몰라요." 저자의 답을 들으며 나는 크게 한숨을 쉬었다. 맞는 말이었다.

지금도 잊히지 않는 이야기가 있다. "내가 나이가 들어도 교장이 되지 못할 걸 알고 있었어요." 교단생활을 오래 했지만 승진을 기대하지 않았다고 말한 퇴직 교사. 그는 불필요한 권위에 결코 복종하지 않는 사람이었다. 나는 이 말을 듣고 크게 위로받았다.

좋아하지 않는 사람이고 존경할 수 없는 사람인데, 내게 올 불이익을 생각하며 괜찮은 척하고 싶지 않다. 불편한 관계를 받아들이고 사는 사람이 나는 더 좋다.

자세히 읽는 사람

첫 책을 쓰고 대여섯 번의 북 토크를 했다. 세 번째로 독자를 만난 장소는 지금은 사라진 인천의 한 지역 서점. 서점에서 처음으로 진행하는 작가 행사에 초대되어 갔다. 독자들이 모이기 시작했다. 스무 명 남짓한 독자들 중 젊은 엄마가 50퍼센트 정도였고, 남성 독자는 세 명 정도였다. 나와 정면으로 앉은 네 명의 엄마들은 온몸으로 공감의 신호를 보내왔다. 고개를 연신 끄덕여주고 미소를 보여주니 덩달아 자신감이 생겼다. 특별한 리액션 없이 희미한 미소만 보이는 독자도 있었다. 나는 되도록 많은 사람과 눈을 맞추며 이야기하려고 노력했는데, 누구도 내 시선을 피하지 않았다. 두 번의 경험 덕분에 알게 된 진실은 표정이 그 사람의 모든 것을 알려주는 신호는 아니라는 것. 독자들의 무뚝뚝한 표정에서도 공감을 읽을 수 있었다.

은유 작가의 산문집 『다가오는 말들』에는 저자의 글쓰기 수업 광경이 드문드문 등장한다. 작가는 "우리 수업에 '좋은 사람들'이 정말 많이 와요"라는 학인學人의 말에 "좋은 사람들이 오는 게 아니라 여기서는 우리가 좋은 사람이 되는 거"라고 답한다. 나는 이 말을 무한히 긍정한다.

북 토크에서 마주치는 다정한 사람들, 그날의 공기. 어쩜 세상에 이렇게 좋은 사람들이 많을까 싶지만, 이곳을 떠난 내 모습이 선하지만은 않듯 그들도 마찬가지일 것이다. 우리는 각자의 일상 중 가장 따뜻한 시간을 공유했을 뿐이다. 『안 부르고 혼자 고침』을 쓴 이보현 작가는 "좋은 사람을 알아보고 좋은 사이가 되면 점점 더 좋은 사람들을 만나고 생활이 풍성해진다"고 말했다. 나는 첫 책을 쓰며 이 문장을 고스란히 옮겨 적었는데 여러 사람이 이 문구에 공감했다고 말했다.

"여기서는 우리가 좋은 사람이 되는 것." 나는 이 문장을 왼편 가슴에 새기고 싶다. 환대의 자리에서 우쭐해지지 않고자 함이고 내가 본 것들이 전부가 아님을 기억하기 위함이다. 좋은 사람을 많이 만나면, 그럴 기회를 많이 얻으면 내 삶이 달라지는 건 분명하다. 보태어 삶을 자주 성찰하고 글로 남긴다면 우리는 조금 더 괜찮은 사람이 될 수 있지 않을까, 막연히 짐작해본다.

때를 기다리는 사람

책을 읽지 못한 한 주를 보냈다. 일을 해야 하니 띄엄띄엄 읽은 책들은 있었으나, 온전히 몰입해 읽은 책이 없었다. 여성학 연구자 권김현영의 『다시는 그전으로 돌아가지 않을 것이다』는 책상에서 가장 눈에 띄는 곳에 올려놓고도 선뜻 집어 들지 못했다. 한국 사회에 또 한 번 분노하게 될까 봐, 이 분노를 주체하지 못할까 봐, 조금 시간차를 두고 읽어야겠다고 생각했다.

목차를 먼저 훑어봤다. 프롤로그를 읽고 목차를 보기 마련인데, 웬일인지 목차 제목이 더 궁금했다. 60쪽 제목 "이 정도로 까다롭고 예민하다고 하다니"에 형광펜 죽죽, 76쪽 "존엄한 취향"에 별 표시 두 개, 그리고 151쪽 "타인의 고통에 내가 더 상처받을 때"를 읽고는 잠시 멍해졌다. 권김현영은 "가장 최근에는 내장이 타는 냄새를 그대로 맡기도 했다. 이번에는 여성의 신체에 주먹을 넣고 장기를 뜯어내 사망에 이르게 한 사건이 징역 4년 형을 받았다는 국민 청원을 읽고, 5일 동안 꼬박 그 사건을 몸으로 겪어내야 했다"라고 썼다.

"내장이 타는 냄새", 나도 그 냄새를 맡아본 일이 있다. "타인의 고통에 내가 더 상처받을 때", 나에겐 일상적인 일이다. 어떻게 당사자보다 더 화가 날 수 있는지, 때때로 놀랍기도 하다. 과잉 공감 능력은 아니다. 내가 겪을 수도 있는 일을 타인의 경험으로부터 추체험할 때, 나는 공포를 느낀다. 동시에 힘껏 화내고 싶은 욕망을 어떻게 표출해야 할지 몰라 발을 동동 구른다.

거리 두기를 잘하는 사람을 보면, 부럽기도 하고 화나기도 한다. 스스로 내야 할 화의 크기를 이미 측정이라도 한 것처럼 훌훌 털어버리는 사람은 과연 고수일까? 권김현영은 "똑똑한 여자, 인기 없어"라고 말했던 대학 선배의 말을 20년째 곱씹으면서 한심해하는 한편, "나혜석을 알려준 건 고마웠다"라고 썼다. 요즘은 10년째, 20년째 못 잊는 말이 있다고 고백하는 저자의 이야기를 들으면 왜 이렇게 남 일 같지 않은지. 진짜 위로는 '구체적인 이야기'에서만 피어날 수 있는 것이 아닐까 짐작해 본다.

다시 곱씹고 싶은 말은 "살아남기 위해 거리를 둔다. 그리고 다시 마음이 단단해지면, 그때 다시 할 수 있는 걸 한다"이다. 거리를 두어야 하는 순간을 모른 체하지 말고, 거리를 둬야 마땅한 상황을 오해하지 말고, 마음이 단단해지는 때를 기다리기. 살아남기 위해 둔 거리, 둘 수밖에 없었던 거리. 나는 그것을 오해하고 싶지 않다. 이해하고 싶고 이해받고 싶다.

내 마음에 집중하는 사람

서점인 윤성근이 쓴 『서점의 말들』을 읽다가 오만가지 생각에 사로잡혔다. 초보 서점인은 쓰지 못했을 이야기. 현실과 감상 사이에서 적당한 거리를 유지하는 저자의 글을 읽다가 익숙한 문장이 눈에 들어왔다. "팔리는 책보다는 팔고 싶은 책이 중요합니다. 항상 그걸 봅니다. 그다음은 어찌 되든 상관없어요." 이시바시 다케후미의 저서 『서점은 죽지 않는다』에 나오는 문장이다.

글귀가 인쇄된 페이지를 휴대전화로 찍고 나서 '책'을 '사람'으로 바꿔보았다. "인기 많은 사람보다 내가 좋아하는, 내가 신뢰하는 사람이 중요합니다. 항상 그걸 봅니다. 그다음은 어찌 되든 상관없어요." 그리고 생각했다. 정말 상관없나? 책이 안 팔려도 상관없다고? 내가 추천한 사람이 인정받지 못해도 상관없다고? 도저히 "네"라는 답은 나오지 않았다.

사회생활을 하면서 마음이 쓰디쓸 때가 있다. 아무리 봐도 이 사람이 더 성실한데, 더 정직한데, 더 좋은 사람인데 인기가 없을 때다. 반면 타고난 매력으로 큰 사랑을 받는 사람도 있다. 속상하다. 안타깝다. 내가 좋아하는 사람이 더 사랑받았으면 좋겠는데 현실은 다르다. 아쉽지만 인정해야 한다. 대중이 더 좋아하는 사람을, 대중이 더 좋아하는 책을.

'너무 좋은 책이지만 잘 팔리진 않겠다'라고 생각한 책이 베스트셀러가 되는 걸 보지 못했다. '이 사람, 참 좋은 사람인데 큰 인기를 얻진 못하겠다'고 예상한 사람이 스타가 되는 것도 본 일이 없다. 성공을 위해서는 대중이 선택할 책, 다수가 사랑할 사람에게 집중해야 하는데, 나는 여전히 착한 사람, 더 좋은 사람들을 눈여겨보고 싶은 욕망을 버리지 못한다.

정답은 없다. 어떤 책, 어떤 사람이 영원히 '더' 좋다고 단언할 수 없으니까. 세상도 바뀌고 내 마음도 바뀔 테니까. 다만 바라는 건 시간을 조금 내어 속살을 보려고 노력하는 일, 가려진 책을 들춰보고 숨어 있던 사람을 무대에 올려보는 일이다.

또 만나고 싶은 사람

북 토크 같은 자리에 가면 자주 듣는 질문 중 하나가 "가장 좋았던 인터뷰이는 누구인가?"라는 질문이다. 내가 다시 만나고 싶은 인터뷰이는 '나 오늘 이런 말 꼭 해야 해' 같은 강박이 없는 사람이다. 또한 필요에 의한 만남이어도 그 자리 자체를 소중하고 각별하게 여기는 사람, 편견 없이 질문을 듣고 어떤 물음에도 진지하게 고민하고 대답하는 사람들도 좋아한다. 지금 떠오르는 인터뷰이는 음유시인으로 불리는 뮤지션 L, 책방을 열고 글을 쓰고 노래를 부르는 작가 Y, 기자 출신 소설가 C, 여성 관객들에게 각별한 사랑을 받는 영화감독 K, 논픽션과 소설을 함께 쓰는 작가 C, 질문을 제대로 해석하고 답하는 정신건강의학과 전문의 S 등이다. 이들과는 모두 두 번 이상 만났는데 공통점을 살펴보면 조급함이 없다는 것, 조용하고 차분하게 말하고 말의 지분을 많이 차지하려고 애쓰지 않는 다는 것이다.

인터뷰는 서로 목적이 있는 만남이다. 인터뷰이는 말하고 싶은 이야기가 있어서 나오고, 인터뷰어는 묻고 싶은 질문이 있거나 독자들이 인터뷰이를 궁금해하기 때문에 인터뷰를 청한다. 신간 홍보, 앨범 발매, 영화 개봉 등 인터뷰이는 대부분 뭔가를 알려야 할 이슈가 있을 때 인터뷰를 수락한다. 때문에 인터뷰어는 첫 질문으로 상대가 말하고 싶은 것을 묻는 게 현명하다. 하고 싶은 말, 해야 할 이야기를 먼저 한 인터뷰이는 편안한 마음으로 인터뷰어의 다른 질문을 듣게 된다.

일상에서 사람을 만날 때도 똑같다. 둘이 만나든 셋이 만나든 여럿이서 만나든, 내 이야기에 온전히 집중해주는 사람과는 또 보고 싶지만, 자기가 하고 싶은 말만 내내 하다가 '안녕' 하고 헤어지는 사람과는 웬만해선 또 만나고 싶지 않다.

둘이 만나도 부담 없는 자리가 내게는 요즘 거의 없다. 말을 하거나 듣는 일이 생각보다 버거운

날들이라서. 그럼에도 또 만나고 싶은 사람들이 있다. 언제나 세심하게 듣고 신중하게 답하는 이들, 대화의 주도권을 잡으려고 애쓰지 않는 사람들이다.

침묵하지 않는 사람

말하는 자가 옳은가, 침묵하는 자가 옳은가. 이 두 가지 질문 앞에서 나는 대개 전자를 택했다. 참기 싫은 욕망이 솟구치기도 했고 내가 피해를 입을지언정 스스로를 속이고 싶지 않은 마음도 컸다. 미국의 시인이자 페미니스트인 오드리 로드는 "설사 입 밖에 낸 말로 상처를 받거나 오해를 받을 위험이 있다 해도, 말하는 행위는 그 자체만으로 다른 어떤 결과보다 내게 도움이 된다"(『시스터 아웃사이더』)라고 말했다. 책에서 이 문장을 발견하자마자 밑줄을 짙게 그었던 건, 그동안 아무도 내게 해주지 않았던 말이기 때문이다. 참는 게 옳다고, 침묵하는 행동이 더 위대하다고, 섣부른 말들은 타인에게 상처가 된다고, 곧 후회할 거라는 말만 지긋지긋하게 들어왔다. 그럼에도 불구하고 내 생각을 분명히 밝혔을 때, 타격은 크지 않았다. 언젠가 멀어졌을 사람과의 인연이 조금 일찍 끝났을 뿐.

솔직한 마음을 숨기지 않는 일, 내 생각을 말하는 일. 그런대로 하고 있지 않았나 싶었는데, 얼마 전 심중에 깊이 숨어 있던 말들이 나를 괴롭혔다. 나에게 과한 책임감과 죄책감을 심어주는 말들, 그동안 부정했던 사고들을 찬찬히 훑어보니, 정말 하고 싶은 말은 하지 못하고 살았다. 타인에게 좋은 사람이 되고 싶어서, 나에게 좋은 사람이 되지 못했다.

첫 책을 쓰며 "중요한 것은 진심보다 태도"라는 문장을 인용했다. 타인의 진심에 매달리지 말자고 독자에게 권했으나, 나는 누군가의 진심을 혹여 보지 못했을까 봐 내 진심을 모른 체했다. 불필요한 자기처벌로부터 해방되지 못했던 나를 몇 권의 책을 읽으며 발견했다. 침묵하는 사람은 자유로울 수 없고 나와의 관계보다 더 소중한 관계는 없다. 나를 더 잘 돌보기 위해 침묵하지 않는 편을 택하고 싶다.

호오好惡가 분명한 사람

좋은 사람이라고 여겨지나 깊이 친해지긴 어려운 사람이 있다. 이것도 좋고 저것도 좋고 이 사람도 좋고 저 사람도 다 좋은 사람. 웬만해서는 호오를 밝히지 않는 사람을 볼 때, 나는 슬쩍 거리를 둔다. 타고난 기질과 성향, 그리고 생존 본능에 의한 선택이라고 추측하지만, 지나친 우유부단함 속에는 자신의 선택을 책임지고 싶지 않은 마음이 존재한다. 자신의 호오를 정확히 인지하고 표현하는 사람과는 오랫동안 관계 맺고 싶다. 오해의 씨앗을 덜 심게 하니까.

돌보는 사람

사소한 취미 하나가 있다. 인터뷰한 저자들의 주옥같은 말을 메모장에 옮겨 적고 자주 꺼내 읽는 일. 오래전 정신건강의학과 전문의가 내게 한 말인 "엄마 손이 필요한 나이가 그렇게 길지 않아요", 한 정치학자를 인터뷰하며 들은 말인 "부모가 된 후 차원이 다른 행복을 경험했고 매일 희망과 보람을 느꼈어요. 더 이상 두려운 것도 무서운 것도 참을 수 없는 일도 없어졌어요" 등 무수히 많다.

아이가 백일이 지나고 돌을 맞이하고 유치원에 입학하고 초등학생이 되기까지, 먼저 부모가 된 선배들의 말을 곱씹으며 고민의 시기를 건너왔다. 돌봄이 먼저냐, 일이 먼저냐라는 선택지 앞에서 언제나 전자를 택했지만, 사실 나는 '일'에 쏟는 에너지가 더 크다. 일은 내가 고민을 어떻게 하느냐에 따라 결과가 달라지는데, 돌봄은 그렇지 않은 것 같다. 내가 노력해도 뜻대로 되지 않는 경우가 많다. 아이는 타고난 기질이 있으며 부모가 아무리 철저한 교육관을 갖고 양육해도 고유한 인격체로 자라난다. 사춘기에 접어든 아이가 부모와 적당한 거리를 유지하고 싶어 한다면 따라줘야 한다. 쉽지 않겠지만 마땅히 해야 할 일이기에 벌써부터 마음가짐을 준비하고 있다.

2022년 겨울 『돌봄과 작업』이라는 책을 엄마 작가들과 함께 썼다. 종종 리뷰를 살펴보는데 가장 많이 언급된 내 글 속 문장은 "절대적으로 나를 필요로 하는 존재가 있다는 사실은 무한한 책임감을 동반하게 만들었지만 내 삶의 목적을 더욱 단단하게 만들었다"였다. '책임감이 강한 사람들이 대개 부모가 되는 일을 두려워한다'는 이야기가 떠도는데 반대라고 생각한다. 물론 100퍼센트는 아니지만. 결핍이 많아서 더 좋은 부모가 되기 위해 애쓰는 사람이 있고 결핍이 적어 부모 역할에 서툰 사람도 있다. 이 역시 반대의 경우도 있으니 단정할 수는 없다.

초등학교에는 돌봄교실이 존재한다. 맞벌이 부모들을 위한 방과후교실이라고 볼 수 있는데 처음에는 이 교실의 이름이 무척 낯설었다. 돌봄을 가르치는 교실이 아니라 돌봄을 제공하는 공간으로, 아이를 보내는 것이 아니라 내가 다니고 싶었다. '저도 좀 돌봐주세요!' '엄마는 누가 돌보죠?'라고 외치고 싶은 심경이랄까. 퇴근길에 아이를 하원시키고 집에 오자마자 밥하고 설거지하고 빨래하는 엄마들의 어깨를 쫙 펴주고 싶은 충동을 느낀다. 대개 엄마들은 양육자로서의 자신을 부족하다고 여기고, 육아에 협조적인 아빠들은 스스로를 대견해하기 바쁘다. 아빠들의 육아 참여 리뷰를 목격할 때마다 박수를 치는 한편, 당연한 거 아니냐며 되묻고 싶은 마음도 있다.

아이를 돌보든 부모를 돌보든 반려동물을 돌보든, 돌보는 사람들이 가진 힘은 무엇보다 귀하고 단단하다고 느낀다. 소설가 정아은은 에세이 『당신이 집에서 논다는 거짓말』을 펴내고 한 인터뷰에서 "엄마는 묘한 약자다. 관계의 약자, 이상하게 포

장된 약자. 꾸준하게 약자 입장에 처하면서 사회에 대해 달아올랐다고 할까. 그래서 굉장히 폭발적인 것들이 나온다"라며, "굉장히 비판적이면서 열심히 공부하는 엄마들이 많다"라고 말했다. 토씨 하나 빠짐없이 긍정할 수밖에 없는 이야기를 들으며, 돌봄을 매우 기꺼이 흔쾌히 기쁘게 하는 주변의 씩씩한 엄마들을 떠올렸다.

언젠가 '돌봄페이'가 있으면 좋겠다고 생각한 적이 있다. 제로페이도 아니고 애플페이도 아니고 돌봄페이. 돌봄을 제공하는 사람들만 쓸 수 있는 상품권이랄까. 거래가 가능한 곳은 피트니스센터, 심리 상담소, 갓 구운 빵을 파는 베이커리 카페, 동네 책방 등이면 좋겠다. 매달 충전되는 돌봄페이를 쓰면서 마음과 체력을 충전하고 다시 돌봄 현장으로 간다면, 우리는 더 기운을 낼 수 있지 않을까.

'돌봄'이라는 단어는 해가 갈수록 더 많이 호명되고 있다. 미디어에서도 문학작품 속에서도 '돌봄'이라는 단어는 더 이상 낯설지 않다. 돌봄이 필수적인 신생아로 태어나 성인이 되어 돌봄을 제공

하는 사람이 되고, 또 노인이 되어 다시 돌봄을 제
공받기까지, 누구도 돌봄은 피해갈 수 없다. 마땅
히 해야 할 일, 그러나 쉽지 않은 돌봄을 흔흔히 수
행하는 엄마들을 포함한 모든 존재에게 말하고 싶
다. 당신이 하는 일보다 위대한 일은 없다고.

좋은 사람 있으면 소개시켜주는 사람

코로나19 시국이 시작되기 전, 마음에 맞는 육아 동료를 만나고 싶어 SNS에 즉흥적으로 글을 올렸다. "6세부터 8세 아이를 키우는 엄마들 계시면, 아이랑 같이 만나요. 한 달에 한 번 아이들과 문화생활을 즐기면 어떨까요. 신청 조건은 내 아이의 마음 건강에 신경 쓰는 엄마, 즉 마음 사교육을 하고 싶은 부모라면 가능합니다." 놀랍게도 몇 시간 만에 수십 개의 DM이 왔다. 대부분 나의 첫 책을 읽은 젊은 엄마 독자들이었는데 우리에겐 육아 동지가 절실히 필요했다.

갑자기 '마음 사교육'이라는 모임을 기획한 건, 당시 유치원생이었던 아이의 학부모 모임에 갔다가 나와 관심사가 비슷한 부모가 단 한 명도 없음에 충격을 받았기 때문이다. 내 아이가 좋아하는 친구의 부모라면 금세 친해질 수 있을 거라고 생

각했는데, 공통 관심사가 없는 모임을 아이 때문에
참아내기엔 인내력이 부족했다. 당시 나는 동네 육
아 친구가 없는 서러움을 온라인에서 해소하고 있
던 터라 SNS의 힘을 빌렸다.

전업주부부터 워킹 맘까지, 일곱 엄마들이 광화
문에서 첫 모임을 가졌다. 일단 엄마들끼리 인사한
후 아이를 동반해 두어 차례 만남을 가졌는데 코로
나19가 시작되면서 줌zoom으로 만나다가 조금씩
소원해져 지금은 개별적으로만 연락하는 사이가
됐다. 단체 모임은 종료됐지만 모두가 육아에 가장
집중했던 때를 공유한 사이라 보이지 않는 연대 의
식이 있다. 지금 돌이켜 생각해보면 우리는 모두
아이를 각별히 사랑하는 엄마였는데 내 아이가 행
복하기 위해서라도 남의 아이가 행복해야 한다는
마음을 갖고 있었던 것 같다.

사교육 업계에서 영어 강사로 일하다 심리학을
공부하고 지금은 유튜버가 된 '레바'도 마음 사교
육 일원 중 한 명이었다. 그는 첫 만남 때부터 '울
컥'을 담당하는 사람을 자처했는데, 나랑 비슷하면

서 또 정반대의 특징을 가진 사람에게 끌리는 나로서는 극호감이었다. 한눈에도 사랑이 참 많은 사람이었다. 언제라도 타인의 이야기를 들을 준비가 돼 있고 기꺼이 자신의 이야기를 나눌 마음이 있는, 상대를 경계하지 않으면서 적절한 선을 지키는 사람이었다. 몇 번의 짧은 만남이었는데도 왠지 그에게는 나의 깊은 상처, 치부까지도 말할 수 있을 것 같은 기분이 들었다. 심리학을 공부해서일까. 그가 품은 경청의 태도는 매우 따뜻했다.

좋은 사람 옆에는 반드시 좋은 사람이 있는 법. 레바는 자신의 동네 친구 두 명을 소개해줬는데 나는 또 그들의 포근한 매력에 빠지고야 말았다. 내가 아무리 상대에게 호감을 가져도 선뜻 지인을 소개하는 일은 쉽지 않은 일인데 우리는 느슨하지만 그래서 더 편안한 사이, 가끔 안부를 묻는 사이가되었다.

"요즘은 사람을 소개해주는 게 참 흔치 않잖아요. 나에게 좋은 사람이 상대에겐 아닐 수도 있고. 괜한 오지랖일 때도 있고요. 그런데 저는 좋은 사람들끼리 서로 친구가 되는 모습을 보면 괜히 막 뿌듯하고 그래요."

과거 나는 설레발을 잘 치는 사람이었다. 주선의 욕구가 충만해 혼자 알고 지내기엔 아까운 사람을 알게 되면 나의 또 다른 소중한 사람들에게 소개하고 싶어서 안달했다. 이 마음을 똑 닮은 사람을 만났으니 어찌 반갑지 않을 수가. 레바를 만나며 꾹 꾹 눌러왔던 나의 재능을 다시 한번 펼쳐보자고 속 다짐을 한다.

반응하는 사람

연말이 되면 카드를 보내오는 사람들이 있다. 매년 수는 줄지만 한 장도 받지 않고 지나가는 해는 없었다. 손 편지를 좋아하는 따뜻한 사람들 덕분이다.

재택근무를 하다 오랜만에 회사에 출근했더니 책상 위에 우편물이 가득했다. 우표가 붙은 엽서부터 익일 특급으로 온 택배까지. 팟캐스트 청취자께서 보내주셨나? 하고 열었는데, 책을 내고 처음 받았던 독자 편지의 주인공이었다. 아이 둘을 키우는 또래 여성. 편집자로 일하다 육아를 위해 전업주부가 된 분이었다. 가끔 SNS로 소식을 주고받았지만 대면한 적 없는 사이, 언제나 조용하게 나의 글을 응원해주는 독자였다.

며칠 뒤 또 한 통의 편지를 받았다. 책에 적힌 내 프로필이 너무나 인상적이었다며 어떻게 "'엄마,

직장인, 독자. 이 세 가지 정체성을 각별히 여긴다'라고 쓸 생각을 했냐"고, '엄마'라는 타이틀이 가장 먼저 적힌 것도 인상적이었다고 했다. 또래 아이를 키우는 엄마 독자였다.

첫 책을 낸 후 종종 듣는 질문 중 하나는 "책을 내고 난 이후 달라진 점이 있냐"는 것이다. 따져보면 꽤 많다. 일단 새로운 에피소드가 생기면 '글감'이라고 여기고 잊지 않으려고 노력한다. 또 리뷰를 꼬박꼬박 찾아 읽고, 좋은 책을 발견하면 득달같이 소문을 낸다. 한 권의 책이 쓰이고 만들어지기까지 얼마나 많은 사람이 애썼는지를 알게 되었기 때문이다. 누군가의 결과물이 좋았다면 반응해주려고 애쓴다.

처음 팟캐스트를 만들었을 때 피드백을 받는 일이 무척 드물었다. 블로그, 인스타그램, 트위터(현재는 'X'로 명칭을 바꿨지만 아직도 어색하다. 나는 트위터 시절에만 사용했기에 그대로 부른다), 페이스북 등을 다 뒤져도 다섯 개가 채워지지 않았다. 그럴수록 더 찾았고, 발견하면 감사한 마음으로 방송에 소개했다. 첫 방송을 시작한 지 6년이 지난 〈책읽아웃〉. 정치 시사 분야가 강세인 플랫폼에서 지금까지 살아남을 수 있는 비결은 무엇이었을까. 진행자의 탁월함, 따뜻한 팀워크가 기둥을 세워줬다면, 지붕을 만들어준 건 청취자들의 '찐 사랑'이다. 그리고 이 사랑에 응답했기 때문에 여전히 사랑받고 있다고 자부한다. 습관은 무섭다. 제작진의 자리에서 물러났지만 매주 목, 금요일이 되면 팟캐스트 앱에 접속해 새로운 에피소드를 챙겨 듣고 청취자 댓글도 읽는다. 익숙한 청취자 이름이 있으면 반갑고 잘 지내고 있는지 궁금하다.

초대 진행자가 프로그램을 떠났을 때 많은 청취자들이 하나같이 말했다. "잘 듣고 있다고 자주 표현하지 못해서 미안해요." "있을 때 더 마음을 드러낼걸 너무 아쉽습니다."

반응하는 사람이고 싶다. 상대의 수고와 노력을 알고 있다고 말해주는 사람이고 싶다. 그 마음 씀이 나에게도 상대에게도 너무나 절실한 요즘이다.

열려 있는 사람

광화문에서 S 작가님을 만났다. 기자간담회에서 멀찍이 얼굴을 본 적은 있지만 일대일 만남은 처음이었다. 요즘은 칼럼 연재를 새로 시작해도 작가와 개별적으로 미팅하는 경우가 드물다. 코로나19를 겪으면서부터였을까, 새롭게 접점이 생긴 사람들과의 대면 만남은 점점 줄고 메일, 메시지, DM 교류만 늘어나고 있다. S 작가님은 내가 두 번째 육아휴직에 들어간다고 하니 선뜻 차를 한잔 마시자고 연락을 주셨고, 이에 냉큼 약속을 잡았다. 나이가 들어 좋은 점은 연장자를 만나도 전혀 어색하거나 불편하지 않다는 것이다. 체면치레가 점점 줄어드는 건 새로운 관계를 만들어갈 때 매우 유용하다.

약속 시간보다 먼저 도착해야 마음이 편한 나는 5분 전 도착을 목표로 서둘러 카페로 향하던 중 작은 선물을 고르러 화장품 가게에 들렀다. 마침 전

화가 울렸다. 앗, 작가님이다!

"어, 작가님? 저 가는 중인데요."

"아…… 제가 지금 카페에 도착했는데요. 문자를 보낸다는 게 통화를 눌렀네요. 하하."

"앗! 네! 저 곧 도착합니다."

"네, 천천히 오세요."

듣던 대로 귀여우시다. 너무 서둘러 가면 불편하실지 모르니 천천히 걸어서 정각에 맞춰 카페에 도착했다. 이미 커피를 한 잔 시켜놓은 작가님은 "통화 버튼을 잘못 눌렀지 뭡니까"라며 쑥스러운 표정을 지었다. "왜 갑자기 휴직을 하냐?"는 질문에서부터 우리는 서로를 향해 활짝 열려 있음을 느꼈다. 초면인 사이에 이런 사연을 나눈다는 것이 가능한 일일까? 우리는 20년 지기가 할 법한 이야기를 두 시간 만에 나누었다. 신기하고 놀라웠다. 작가님은 파워 E. 나도 외향형이긴 하지만 파워까진 아니었는데, 이날만큼은 슈퍼 파워 E 기질을 발휘하며 다음번엔 둘레길 데이트를 하기로 약속했다.

헤어질 무렵 작가님은 셀카를 찍자고 했다. 나는

속으로 살짝 당황했지만 활짝 웃으며 "와, 셀카 찍자고 하시는 작가님 처음 봐요"라고 말했다. 개인 소장용이라고 말하는 작가님께 "어디 올리셔도 괜찮아요"라고 말했다. 이틀 후 인스타그램에 인증 사진이 올라왔는데 후기가 너무 재밌어서 까르르 웃었다.

메일로만 만났다면 결코 알 수 없었을 진면목. 근래 어떤 만남보다 밀도가 높았던 건 서로에게 열려 있었기 때문이다. 억지로 노력해서 짜내는 공감이 아닌 자연스러운 이해 속에서 피어오른 공감. 상대의 솔직한 고백을 흘려듣지 않고 자신의 이야기를 내어놓는 너그러움. 오랜만에 또 만나고 싶은 사람을 찾았다.

사랑이 많은 사람

8주 동안 매주 월요일에 만난 사람이 있다. 소규모 글쓰기 수업에서 알게 된 수강생이다. 그는 이미 두 권의 책을 낸 작가였는데 내 첫 책을 읽고 좋은 인상을 받았던 것 같다. 첫 수업 날, 그는 소량으로 제작한 작은 책을 선물해줬는데 읽자마자 기분 좋은 한숨이 나왔다. '아, 이분은 초심자를 위한 내 수업을 들으면 안 되는 것 같은데, 내가 가르칠게 있을까?' 그래도 10년 넘게 글로 밥벌이를 한 사람이 해줄 수 있는 각종 경험담을 말하며 서로의 노하우를 나눴다.

그는 매주 나에게 작은 선물을 줬다. 배, 귤, 빵, 편지, 케이크, 꽃, 책. 어떻게 이렇게 자신의 마음을 자연스럽고 편안하게 표현할 수 있을까? 한동안 나는 그로부터 받은 호의와 우정으로 일상을 버텼다. 수업 마지막 날, 그는 오래전 엄마를 병으로 떠나보낸 뒤 2년간 썼던 원고 꾸러미를 건넸다. 꼭 읽고 싶은 글이었다.

집에 돌아와 순식간에 원고를 다 읽었다. 좋아하는 예능프로그램의 본방 사수를 포기하고 눈물을 찔찔 흘리며 원고를 읽다가 문득 깨달았다. 그는 자신의 엄마를 똑 닮아 이렇게 사랑이 많은 사람이 되었구나, 부러웠다. 한 사람을 이렇게 아름답게 기억하고 사랑할 수 있다니, 한 문장도 상투적이지 않은 그의 글을 읽으며 '엄마로서의 나'는 어떤 사람이고 싶은지 떠올렸다.

사랑이 많은 사람, 주저하지 않는 사람, 표현하는 사람, 책임감 있는 사람, 약속을 잘 지키는 사람, 긍정적인 사람……. 아마도 종이 한 장을 빼곡히 채울 수 있을 것 같은데, 단 하나를 꼽으라 한다면 사랑이 많은 사람이 되고 싶다. 후회하지 않고 싶기 때문이다.

8주간 만난 그는 그늘이 느껴지지 않는 사람이었다. 자신이 하고 싶은 일, 좋아하는 것들을 분명히 알고 행동하는 사람, 마음을 표현하는 일에 주저하지 않는 사람. 아무리 유명하고 화려한 사람들 틈에 있어도 그보다 더 빛날 사람은 없을 것 같았다.

각별히 어려웠던 시기, 3개월 동안 그에게 많은 빚을 졌다. 아니, 빚이라고 이야기하면 그가 서운해할 것 같다. 빚이라고 표현한 것은 그만큼 크게 고마웠다는 마음으로 이해될 수 있을까. 내 사랑이 부족하다고 느낄 때마다 그와 그의 엄마를 떠올릴 것이다.

호의로 끝내는 사람

사랑은 하면 할수록 어렵다. 주고 싶어서 어렵고 준 만큼 받고 싶어서 어렵다. 아빠의 삶에서 가장 닮고 싶은 점은 뭔가를 기대하는 마음으로 사랑을 주지 않은 점이다. 주고 싶어서 줬으니까 그걸로 끝. 호의를 기대하지 않으니 받는 사람은 부담이 없다. '사람의 마음이 어떻게 그래요' 싶지만, 나의 사랑을 전하는 일이 목적이었다면 마음속 깊이 차오르는 '준 사랑 똑같이 받고 싶은' 감정을 눌러야 한다.

실패를 말하는 사람

"실패만을 기록한 에세이 시리즈를 론칭하면 어떨까요?"

"네?"

"대부분 성공담이 책으로 엮이잖아요. 그런데 실패담을 듣고 싶을 때가 있단 말이죠."

"최근에 에세이가 하나 나오긴 했어요."

"맞아요. 전 여러 사람의 실패담 시리즈를 읽고 싶은 거예요."

"사람들이 읽을까요?"

"모르죠. (웃음)"

또래 편집자와 커피를 마시다 문득 떠오른 생각이다. 출판사를 열 생각도 없는데 아이디어는 끊임없이 솟는다. 새로운 출판사와 작업하길 원하는 작가와 출판사를 연결해주기도 하고, 앤솔러지를 기획 중인 편집자에게 추천할 만한 필자 리스트를 보내주기도 한다. 단행본 편집자를 하고 싶은 욕망은 없는데 저자와 출판사를 연결해주는 기획자 역할은 해보고 싶다.

성공담을 들을 때마다 힘이 빠지는 이유는 우리의 상황이 모두 개별적이기 때문이다. 재능, 기질, 환경이 너무도 다른데 마치 자신의 노하우를 그대로 실행하면 똑같은 결과를 얻을 수 있는 것처럼 설득하는 책을 읽다 보면 헛기침이 나온다. 누가 몰라서 못 합니까? 따지고 싶은 기분이랄까. 내가 웬만하면 자기 계발서를 읽지 않는 이유는 알지만 못 하는, 혹은 알아도 안 하는 노하우들만 빼곡히 수록되어 있음을 이미 알기 때문이다.

서로의 실패를 공유하는 일은 왜 중요할까. 타인의 실패로부터 위로를 받고 교훈을 얻을 수 있으니까? 물론 이 두 가지도 매우 중요하지만 더 깊이 생각해야 할 것은 누군가의 실패를 훗날 돌이켜볼 때, 그것이 단순히 실패로 그치지 않고 성공의 발판이 되었던 경우를 자주 목격하기 때문이다.

10년 넘게 신춘문예에 도전했지만 떨어지고 등

단 제도를 거치지 않은 채 책을 출간해 작가가 된 사례는 얼마나 많은가. 국문학, 문예창작학을 전공한 작가들이 더 글을 잘 쓰는가? 반드시 대형 출판사에서 책이 나와야 베스트셀러가 되는가? 유명 셀럽의 추천사를 받아야 책이 잘 팔리는가?

작가들을 인터뷰할 때마다 넌지시 그들의 실패 경험을 묻는 건, 실패로만 여길 수 없는 각자의 이야기들이 존재하기 때문이다. 실패라는 경험이 없다면 성공은 단순히 운일 뿐이다. 나의 실패담을 이야기해볼까? 원하는 대학에 입학하지 못했고, 졸업 후 무수히 이력서를 썼지만 합격하지 못했고, 관계의 실패 또한 현재진행형이다. '칼마감' 신봉자지만 이 책은 계약한 지 만 4년이 돼서야 마무리했다. 근육 한번 만들어보고 싶어 각종 필라테스 기구를 집에 들였지만 먼지가 솔솔 쌓이고 있다. 내가 노력하지 않아서였을까? 모든 일에 최선을 다했다고 자신할 수는 없지만 노력하고 애쓴 부분도 있다.

오래 공들이고 마음을 다했지만 실패하는 일도 있고, 노력과 성공이 반드시 비례하지도 않는다는 사실을 이제는 안다. 그래서 나의 실패를 거리낌 없이 말하고 누군가의 실패담을 들을 때 함부로 평가하지 않는다. 적어도 실패했다는 건 시도를 했기 때문에 나온 결과니까, 그것만으로도 충분히 응원받아야 마땅한 일 아닐까.

해야 할 일을 하는 사람

북 토크에 갔다가 놀라운 질문을 받았다. "작가님은 스스로 어떤 장점이 있다고 생각하세요?" 아무리 솔직하고 자신감이 넘쳐도 이 답변은 정말 조심히 해야 한다. 갑자기 밥맛이 뚝 떨어질 수도 있어서. 찬찬히 생각하다 답했다. "노력하지 않은 것에 관해서는 크게 기대하지 않는 점이요. 제가 특별히 노력하거나 최선을 다하지 않은 일에 대해 욕심을 부리지 않는 편이에요. 공짜를 기대하지 않는다고 할까요. 저는 제 삶에 로또란 없을 거라 생각해서 복권 같은 건 안 사요."

너무 현실적인가, 허황된 꿈도 한번 꿔보는 게 인생 아닌가 싶지만 나는 내 깜냥을 안다. 열심히 하고 싶은 일이 있고 노력하고 싶지 않은 일도 있다. 최선을 다하지 않은 일에 대해서는 결과물이 흡족하지 않아도 토를 달지 않는다. 할 말이 없어서.

그림책을 작업하는 이수지 작가를 만난 날은 하루 종일 초긴장 상태였다. 집안에 너무 큰일이 터졌던 때라 무엇에도 집중하기 어려운 상황이었다. 이수지 작가의 전작을 모두 보고 갔고, 인터뷰 때도 안연한 척했지만, 머릿속에는 거대한 걱정 인형이 똬리를 틀고 있었다. 이수지 작가의 작업실에 앉아 이야기를 시작했다. 2022년 한스 크리스티안 안데르센상 수상 소식을 듣기 일주일 전이었다.

이수지 작가는 서양화를 전공하고 런던의 예술대학에서 북아트를 공부했다. 작가로 데뷔하기 전, 직접 그림책을 만들어 북페어에 참여한 출판사들에 자신의 작품을 소개하기도 했다. 국내에서 서양화 전공자가 '전업' 그림책 작가가 된 사례는 흔하지 않다. 경계 3부작 작업 노트인『이수지의 그림책』에는 그가 어떻게 그림책에 빠져들었으며 작가가 되었는지가 자세히 나와 있는데, 작업 노트라고만 정의하기엔 아쉬울 정도로 흥미롭고 재미있는 이야기들이 쏟아진다.

작업과 돌봄을 병행하는 작가를 만나면 빼놓지

않는 질문이 하나 있다. 작업에만 집중하지 못하는 시기를 어떻게 극복하고 균형을 잡았는가 하는 것이다. 이수지 작가는 최선이 아니라 차선을 선택해야 할 때 힘들었지만, 이 또한 자신이 선택한 삶이니 감당했다고 답했다.

오랫동안 그림책 작가를 꿈꾸고 있는 지인에게 부탁받은 질문도 했다. 내심 가장 궁금했던 이야기이기도 했다. "그림책을 좋아하다 보면 또 만들어 보고 싶기도 합니다. 누구나 그림책을 만들 수 있다고 말씀하신 적이 있는데요. 좋은 그림책을 만들고 싶은 독자가 힌트를 하나 달라고 요청한다면, 어떤 이야기를 해주고 싶으세요?"

이수지 작가는 털털한 웃음을 보이며 답을 이어 갔는데, 나는 속으로 여러 번 맞장구를 쳤다.

"누구나 할 수 있고 하면 된다는 말을 제가 무책임하게 한 것 같은데요. 너무 어렵게 생각하지 말라는 의미였어요. 왜냐하면 저도 '그림책 작가가 되려면 이렇게 하면 되지 않을까?'라는 생각으로 시작했기 때문이에요. 제가 드릴 수 있는 조언은 내가 알고 있는 상식 내에서 필요한 것들을 피하지 말고 하시라는 거예요. 어떤 그림을 그리고 싶으면 잘 그릴 수 있는 스킬을 키워야 하는 것처럼요. 그런데 대개 이런 질문을 하시는 분들을 보면 '내가 이게 부족한데 이걸 안 해도 할 수 있을까요?'라는 의도가 든 질문이 많아요. 그분들께 해줄 수 있는 말은 '피해 갈 수 없어요. 결국 그거 해야지 당신이 원하는 걸 얻을 수 있어요'예요. 즉 굉장한 비밀은 없다는 말이에요."

운동을 조금도 하지 않고 살을 빼길 원하는 사람처럼, 우리는 고단한 일을 조금도 하지 않고 요행을 바랄 때가 많다. 매일 글을 쓰지 않고 날마다 책을 읽지 않으면서, 굉장한 영감을 불시에 얻어 멋진 창작물을 만들 수 있기를 바란다.

수많은 고수를 만나 각종 노하우를 물어도 그들의 대답은 한결같았다. 성실, 노력, 꾸준함. 해야 할 일들을 하지 않으며 성과를 얻은 사람은 단 한 명도 없었다. 오늘도 간편한 패스트푸드를 먹고 차가운 음료를 벌컥벌컥 마시며 자신의 몸이 건강해지길 바란다면 허무맹랑한 사람이 아니고 무엇이겠나. 다음 달엔 무조건 원고 마감을 끝내겠다는 결심을 했으면 일단 매일 카페든 도서관이든 가거나 책상 앞에 앉아야 한다. 글감이 떠오르지 않아도 노트북을 열고 뭐라도 써본다. (지금의 나처럼.)

"작가님이 뭐라고 하세요?" 답변을 기다리던 지인에게 이수지 작가의 대답을 적어 보냈다. "아……." 왠지 심드렁한 반응이었지만 오히려 나는 용기를 얻었다. 굉장한 비밀은 없으니까. 비밀을 찾지 않아도 되니까. 내 앞에 펼쳐진 의무와 책임을 먼저 해내면 되니까.

오래 쓰는 사람

비가 억수로 내리는 날, 서울 신사동의 한 카페에서 천선란 작가를 만났다. 흰 셔츠를 입고 카페로 들어오는데 아이돌이 눈앞에 앉아 있는 것 같았다. 연예인도 꽤 많이 보았지만, 어쩐지 천선란 작가에게서는 빛이 났다. 어떤 질문에도 흔쾌히 화답하는 모습을 보고 작가의 성숙함에 계속 감탄하고 놀랐다.

천선란 작가는 자신의 첫 책 『무너진 다리』가 아직 1쇄도 다 나가지 않았다고 아무렇지 않게 말했다. 증쇄를 찍지 못한 게 크게 서운하지 않다고, 당시에도 특별히 신경 쓰지 않았다고 한다. 독자들의 리뷰도 잘 읽는 편이고, 작품을 욕해도 크게 마음 상하지 않고, 판매가 더디면 그런가 보다 생각하고 빠르게 다음 작품 집필로 들어간다고 한다. 어떻게 가능할까? 소설을 오래 쓰고 싶은 사람이기 때문이다.

다작하는 작가들을 볼 때 종종 부담스러운 마음
이 들기도 했다. "아, 따라 읽기 힘들어요. 조금 천
천히 내주시면 안 돼요?" 싶을 때도 있었다. 출판
사 입장에서도 조금 더 시간을 두고 신간이 나오
는 게 좋지 않을까 싶었다. 하지만 집필 속도가 빠
른 작가들이 분명 존재한다. 이들은 보통 전업 작
가이다. 우리가 매일 출퇴근하듯 작가들은 매일 글
을 쓰고 퇴고한다. "지금은 정말 재미로 쓰거든요.
마감 스트레스도 없고요." 천선란 작가의 이야기
를 들으며 '소설을 오래 쓰겠구나' 하는 확신이 들
었다.

작가에게는 작품이 빠르게 써지는 시기가 있고
그렇지 않은 시기가 있다. 지금 천선란 작가는 달
리는 타이밍이다. 작은 것에 연연하지 않고 일희일
비하지 않는 작가. 독자의 응원을 흔쾌히 받으면서
도 그 관심의 유한성 또한 인지하는 작가. 오랫동
안 소설을 쓸 작가를 각별한 마음으로 응원하고 싶
었다.

슬픔을 아는 사람

한 달간 어떤 문학도 읽지 않았다. 너무 큰 슬픔에 부딪히고 나니, 문학을 어떻게 읽을 수 있지? 문학의 효용이라는 것이 과연 있을까? 싶었다. 공부하는 마음으로 의학, 사회과학 책만 읽었다. 팩트가 아닌 글은 읽을 수 없었던 한 달이었다. 문학적인 문장으로 가득한 책에서 위로는 받을 수 없었던 30일이었다.

황인찬 시인은 첫 산문집 『읽는 슬픔, 말하는 사랑』을 쓰며 "시를 읽는 일은 다른 존재의 슬픔을 알아차리는 일입니다. 아무리 밝고 희망찬 시라고 하더라도 그 시가 충분히 좋은 시라면 거기에는 얼마간의 슬픔이 잠들어 있습니다. 그건 아름다움이 작동하는 방식과 관련이 깊습니다"라고 썼다. 꼭 한 달 만에 읽은 문학책이었는데 작은 위로를 받았다.

시인을 만나 이야기했다. "솔직히 너무 힘들 때는 문학을 읽지 못해요. 모든 책을 위로를 구할 목적으로 읽는 건 아니지만 책의 쓸모를 생각하게 됩니다"라고. 망설이며 말했는데 시인은 조금도 당황하지 않고 "그건 너무 당연한 일"이라고 답했다. "시나 소설뿐이겠어요. 그럴 때 무엇이 눈에 들어오고 무엇이 마음에 와닿겠어요. 하지만 굳이 말씀드리자면 그래도 주변에 있는 것을 한 번씩이라도 곁눈질하다 보면 예상하지 못한 데서 아름다운 걸 발견할 수도 있고 위안을 얻을 수 있어요. 혼자 있다고 생각하지 말고 다른 일상들이 존재한다는 걸 잠시라도 깨달으면 좋지 않을까요."

집에 돌아와 산문집을 다시 읽었다. 시인이 소개한 시들을 아주 천천히 읽었다. 시인의 말처럼 모든 시에는 슬픔이 묻어 있었고 다소 쓸쓸했다. 하지만 우울하지만은 않았다. 기쁘기 위해, 행복해지기 위해 시를 읽은 건 아니었기 때문이다. "행복한 사람은 글을 쓰지 않는다"라는 말을 들은 적이 있다. 동의할 수밖에 없는 이야기였는데 어쩌면 시를

읽는 일도 비슷할 수 있겠구나 싶었다. 문학을 왜
읽느냐는 질문에도 대답할 수 있을 것 같았다.

정확하게 칭찬하는 사람

　책을 볼 때 작가의 프로필 문구를 눈여겨본다. '소설가'라는 세 글자만 쓰는 사람도 있고, 자신의 모든 경력을 세세하게 기록하는 저자도 있고, 해당 책과 연결되는 이야기만 소개하는 작가도 있는데, 가끔 자신의 정체성을 드러내는 문장을 쓰는 사람이 있다. 인터뷰하는 입장에서는 매우 반가운 정보다.

　작사가 김이나를 만난 날, 그에게 꼭 하고 싶은 질문이 있었다. 『보통의 언어들』에 실린 저자 프로필 "유년 시절 할머니, 할아버지의 칭찬과 사랑을 부족함 없이 받으며 자랐고, 어른들이 만들어놓은 세상의 프레임에 속지 않겠다는 당돌함과 슬픈 영화 속 주인공의 얼굴만 보아도 눈물이 핑 돌던 섬세한 감성을 고루 갖춘 어린이로 성장했다"에서 맨 첫 줄의 사연이 궁금했다. 할머니, 할아버지를 향한 각별한 사랑을 고백하는 것으로 느껴졌고 '김이나'라는 사람의 정체성을 알아가는 데 중요한 힌트로 보였기 때문이다.

"조부모님의 사랑이 특별하셨나 봐요."

"맞아요. 저는 그 부분을 되게 중요하게 생각해요. 자기소개 글을 쓰는 일이 좀 쑥스럽잖아요. 하지만 수상 이력을 줄줄 쓰는 프로필은 싫었어요. 뭔가 스토리가 있는, 서사적인 느낌이길 바랐어요. 제가 되게 결핍이 많은 사람이거든요? 자격지심, 인정 욕구도 많고, 여전히 지금도 불안한데요. 이상하게 문득문득 자존감이 높다고 스스로 느낄 때가 있어요. 왜일까 생각해본 적이 있는데, 아마 아기 때부터 조부모님과 지냈기 때문이 아닐까 싶어요. 왜 어릴 때부터 조건 없는 사랑을 받아본 사람은 유독 뿌리가 튼튼하잖아요. 물론 모두가 그런건 아니지만요. 저는 어릴 때 아빠 없이 살았고 엄마랑도 많이 떨어져서 지냈거든요. 그 시간을 할머니, 할아버지의 사랑으로 많이 채운 것 같아요."

흔한 사연으로 읽힐 수 있지만 예사롭지 않게 들

렸다. 결핍이 나의 정체성을 만들었다는 이야기, 그것은 자신을 정확히 보려고 노력한 사람에게서만 들을 수 있는 말이다. 김이나의 노랫말, 심사평, 라디오를 들으며 자주 감탄했었다. 남들이 미처 보지 못하는 장점을 발견하는 눈, 정확하고 구체적으로 칭찬하는 말들, 그리고 자신의 의견을 겸손하면서도 줏대 있게 밝히는 모습. 그에게 반할 수밖에 없었다.

김이나는 자신의 책에 적은 문장 "대충 미움받고 확실하게 사랑받을 것"이 또 다른 제목 후보였다고 말했다. 쉬울 것 같지만 굉장히 어려운 일 아닌가? 그는 "『미움받을 용기』가 굉장히 큰 사랑을 받는 걸 보면서 그것만으로 되게 위안이 됐다"라고 했다.

"많은 사람이 '미움'에 대해 두려움이 있구나, 나만 못나게 일희일비하는 게 아니구나, 라는 걸 깨달았죠. 제가 그동안 방송 활동을 하면서도 사람들로부터 불호가 크게 없는 편이었어요. 그런데 방송은 어쨌든 감독에 의해 편집된 모습을 대중에게 보여주는 거잖아요. 제 모습이긴 한데, 약간 포토샵이 된. 반면에 라디오는 어쩔 수 없이 한 사람이 완전히 드러나요. 피곤한 날은 피곤한 대로, 컨디션이 안 좋을 때는 안 좋은 대로. 라디오를 하고 싶었던 이유 중 하나가 저 문장과도 연결이 되는 것 같아요. 괜찮은 사람인데도 누군가는 싫어할 수 있고, 별로인 사람도 굉장히 큰 사랑을 받을 수 있어요. 그런데 모두에게 사랑받으려다 보면 나만의 '에지'는 없어지는 것 같아요. 에지를 버리고 싶지 않다면, 누군가가 나를 미워해도 크게 아쉬워할 필요는 없지 않나, 생각해요. 라디오는 별로인 제 모습이 드러나도 '그래도 저 사람, 나는 괜찮은 것 같아' 하고 좋아해주시는 거잖아요. 나인 채로 사랑받는 게 더 좋죠."

인터뷰를 하다가 쾌감을 느끼는 순간은 내가 오랫동안 생각했던 문제와 생각을 정확한 언어로 표현해주는 사람을 만날 때인데 김이나와의 대화가 그랬다. 김이나는 이십대부터 공감 능력이 뛰어나다는 말을 많이 들었는데, 그때마다 '정말 그런가?'

의문이 들었다고 했다. 그런데 지금은 동의한다고. 공감 능력이 뛰어난 사람들을 보면 공통점이 하나 있는데, 바로 남의 눈치를 본다는 점이라고 했다.

"눈치를 지나치게 많이 보면 불편하지만, 어떻게 보면 눈치는 결국 배려예요. 다른 사람의 시선과 마음을 신경 쓰는 일이니까요. 눈치를 많이 보는 걸 단점이라고만 말할 순 없는 것 같아요. 제 경우 직업이랑 아귀가 맞아떨어지니까 공감 능력으로 좋게 평가받는 것 같아요. 만약 제가 다른 일을 했다면 '쟤는 눈치를 많이 보는 애야'라고 비난의 요소가 됐을지도 모르겠어요."

얼마 전에 본 〈싱어게인3〉에서 김이나는 임재범의 심사 평을 듣고 "저는 생각이 좀 달라요"라고 말했다. 68호 가수의 음을 떨어트리는 습관이 자신에겐 오히려 매력적으로 다가왔다는 것. 이 말을 듣고 그제야 나도 비슷한 생각이라며 고개를 끄덕이는 심사 위원들을 보면서 괜히 내가 뿌듯했다.

"5호 가수님을 보고 있으면, 떠오르는 영화들이 있어요. 음악 제대로 듣는 사람들만 모인 작은 바

같은 곳. 그 사람 공연하는 날만 기다렸다가 찾아가서 듣고, 거기 위스키도 있고, 이 사람이 어떻게 살아왔는지 이 마을에서 아무도 모르고, 그런 미스터리한 이야기들이 끊임없이 상상이 돼요. 너무 멋있어서 20년 동안이나 이런 분이 어딘가에서 노래를 부르고 계셨다는 사실이, 제가 근사한 곳에서 살고 있다는 느낌마저 들게 했습니다."

나는 김이나의 심사평을 듣고 싶어서 〈싱어게인3〉를 본다. 폭발적인 가창력을 목격하는 순간보다 예리하고 섬세한 평가를 들을 때 더 짜릿하다. 김이나에게 '칭찬'에 관해 물었을 때, 그는 말했다. "다른 사람에게 박수로 표현하는 칭찬이 아니라, 팩트를 전달하는 칭찬을 해주고 싶어요. 그것도 자세하게. '당신 좋으라고 하는 이야기가 아니라, 진짜로 당신이 가진 무기'라는 의미예요." 이보다 더 확실한 동기부여가 있을까. 나의 장점을 정확하게 발견해주는 한 사람만 있어도 우리는 살아갈 힘을 낼 수 있다.

정성껏 보는 사람

아이가 여덟 살 때의 일이다. 잠들기 전 그림책을 읽어주곤 했는데 아이가 그날 고른 책은 글밥이 무척 적은 책이었다. 그림만 연이어 나오기에 빨리 잠을 청하고 싶은 마음에 후다닥 책장을 넘겼다. 그러자 아이가 내 손을 잡더니 말했다.

"엄마, 이건 더 오래 봐야지."

"왜?"

"글씨가 없으면 글씨를 자기 마음으로 지어 읽어야 하니까. 그러려면 시간이 더 오래 걸리니까 많이 봐야 해. 이 그림으로 글씨를 만드는 거니까."

수많은 작가가 이미 말했다. 어린이보다 훌륭한 독자는 없다고. 이 말을 온몸으로 실감한 순간이었다.

이수지 작가의 글 없는 그림책들을 각별히 좋아한다. 대표작 『파도야 놀자』를 비롯해 『거울속으로』『그림자 놀이』는 모두 글이 없는 그림책이다. 처음 이수지 작가의 작품을 보았을 때 당황했던 기억이 난다. '어떻게 읽어야 하지? 그림만 감상하면 되나?' 생각했다. 실제 많은 독자가 글 없는 그림책을 읽는 방법을 작가에게 묻는다고 한다.

그림책을 좋아하면서부터 책이라는 물성의 아름다움, 그 극치를 실감한다. 말수가 적은 친구에게 더 말을 걸고 싶은 것처럼 글이 적은 그림책에게는 자꾸만 더 말을 건네고 싶다. 책이라는 존재도 그렇다. 겉보기에는 매우 조용한 친구인데 알아가다 보면 깜짝깜짝 놀란다.

이야기 그림책으로 유명한 이억배 작가에게 "어떻게 그림책을 읽어주는 게 좋은가요?"라고 물어본 적이 있다. 오랫동안 대답이 잊히지 않았다.

"아이는 어른이 자기를 건성으로 대하는지 아닌지 본능적으로 압니다."

그림책 읽기에서 가장 중요한 것은 그림책이 아니라 '앞에 앉아 있는 아이'라는 의미였다. 어른이라고 모를까, 아이라고 모를까. 상대가 나를 성의 있게 대하는지 건성으로 대하는지. 그림책 속 짧은 장면도 정성껏 읽는 사람이 있고 스쳐 지나가는 인연도 귀히 여기는 사람이 있다.

거절을 흔쾌히 여기는 사람

거절을 못 해서 힘들다는 사람들에게 자주 하는
말이 있다.

"거절 후, 진짜 관계가 시작돼요."

잡지사 기자로 일했을 때, 나는 숱하게 거절당했
다. 취재 거절, 인터뷰 거절, 통화 거절. 전화로 설
득할 자신이 없어서 구구절절 메일을 많이 썼다.
간곡한 마음을 담아 꼭 한번 만나달라고 문자를 보
내도 수시로 거절당했다. 기자님의 뜻은 잘 알겠지
만 사정이 있다고, 인터뷰는 할 수 없다고. 당시 내
가 만들던 잡지는 연예인들의 사건 사고를 중점적
으로 다루는 잡지였다. 일명 '뻗치기'도 자주 했다.
사고를 친 연예인의 집 앞에 찾아가서 죽치고 앉아
있기도 했고, 취재 차량으로 연예인의 차를 쫓기
도 했다. 하루에 열댓 번의 거절을 당하고 나면 '내
가 과연 세상에 필요한 일을 하고 있는 걸까' 의문

이 들었다. 그래도 착각하지 않았다. 나라는 존재를 거절한 건 아니니까. 어쩌면 당연한 결과이기도 했으니까.

책을 다루는 매체에서 일했을 때, 가장 큰 장점은 거절받을 일이 적다는 것이었다. 책을 홍보할 수 있는 기회이기 때문에 대부분 반긴다. 여러 이유로 인해 종종 거절 회신을 받을 때도 있는데, 이상하게도 기분이 상하거나 언짢지 않았다. 오히려 반가울 때도 있었다. '정말 책(글)으로만 독자를 만나고 싶구나' '홍보할 필요가 전혀 없다니 정말 대단하다' '스스로가 과장, 혹은 미화될 여지를 아예 만들지 않는구나'라고 생각했다. 물론 인터뷰를 기꺼이 승낙하는 사람, 출판사의 기대에 부응하기 위해 노력하는 저자들도 좋다. 각자의 사정과 마음, 추구하는 방향이 다르다는 것을 알기 때문이다.

팟캐스트의 새 진행자를 맞이하면서 환영의 선물로 무얼 할까 고민하다가 음성 축하 메시지를 만들기로 했다. 진행자와 친한 사람들 중에 내가 편하게 부탁할 수 있는 사람들을 추렸다. 워낙 인간성이 좋기로 유명한 진행자이기 때문에 모두가 수락해주리라 확신했는데, 딱 한 명의 작가가 거절했다. "지금 원고 마감 때문에 너무 바빠서 힘들 것 같아요. 그런데 저 아니어도 해줄 사람이 많을 걸 알기 때문에 편한 마음으로 거절할게요." 정말 멋진 거절이었다.

상대가 거절할 때는 이유가 있다고 생각한다. 괜히 더 설득해달라고, 상대를 떠보는 거절이 아니라고 믿는다(만약 떠보려는 습관적 거절이라면 상대의 인격을 탓할 문제다). 그래서 나는 한 번 거절하면 재차 부탁하지 않는 편이다.

쿨한 척하는 사람은 있어도 진짜 쿨한 사람은 없다고 생각하지만, 때때로 거절당할 때 흔쾌한 마음이 든다. 상대가 너무나 편안한 말투로 거절할 때, '내가 이 거절을 오해 없이 받아줄 거라는 확신이 있구나'라고 진심으로 생각한다.

거절하는 일, 거절당하는 일. 누구라도 피할 수 없다. 너무 비장한 마음으로 부탁하거나 너무 심각

하게 거절하지 않는다면 우리의 관계는 조금 가벼

워질 수 있지 않을까.

눈을 마주치는 사람

작가, 활동가, 출판인, 배우, 가수, 기업인, 정치인, 교수, 의사……. 웬만한 직업군은 모두 만났다. 책을 쓰는 저자이기도 했으니까. 서점에서 발행하는 매거진을 만들면 큰 이점이 있는데 저자 인터뷰 섭외가 매우 수월하다는 점이다. 광고로 책을 알리는 것보다 인터뷰로 책을 홍보하는 것이 길게 보면 훨씬 이득이다. 광고는 시간이 지나면 없어지지만 기사는 언제라도 읽을 수 있다. 높은 조회수를 기록하긴 어렵지만 책에 진짜 관심이 많은 독자들에게 읽히는 장점이 있다.

좋아하는 배우가 생기면 속으로 생각했다. 'ㅇㅇ 씨, 칼럼 연재할 생각 없나요? 책 읽는 시간을 좋아한다고 들었습니다. 글 잘 쓰실 것 같은데.' 친한 편집자에게 역으로 제안할 때도 있다. "ㅇㅇ씨, 지금 활동 중단했던데 지금이 기회입니다. 책 써보자고 연락해보세요. 하고 싶은 이야기가 분명 있는 것 같은데요." 이 생각을 나만 하진 않겠지만 인생은 타이밍이다. 언제 누가 어디서 말을 꺼내는가에 따라 결과는 달라질 수 있다.

배우 문소리도 그중 한 명이었다. 다독가로 알려진 그에게 항상 글을 청탁하고 싶었다. 영화감독, 배우, 아내, 엄마, 딸의 역할을 성실히 해내는 그의 삶이 궁금했다. 작품 활동 외에 개인의 일상을 이야기할 때 그는 더 단단하고 행복해 보였다.

제작자이자 배우로 참여한 영화 〈세 자매〉의 각본과 제작기 등을 담은 『세 자매 이야기』를 출간한다는 소식을 듣고 그를 팟캐스트에 초대했다. 단출한 모습으로 스튜디오에 들어선 문소리는 녹음하는 내내 진행자만 쳐다보지 않고 모든 스태프들의 눈을 맞추며 천천히 말했다. 6년 넘게 팟캐스트를 만들었지만 스태프들의 눈을 고루고루 쳐다보는 게스트는 처음이었다. 이 공간에 있는 모든 사람을 존중하는 느낌이었다. 몇 달 후 출간된 새로운 책 『세 발로 하는 산책』 저자로 인터뷰하면서 문소리에게 물었다. 타인과 눈을 잘 마주치는 이유에 관해.

"일하다 생긴 버릇 같아요. 원래 낯선 사람의 눈을 잘 못 보는 성격이었어요. 지금도 카메라 앞에서 흥이 나고 그러는 사람은 아니에요. 나를 보여주는 일은 여전히 불편하고 낯선 사람은 힘들어요. 그래도 카메라 앞에서 연기하다 보니까 하나 깨달은 게 있어요. 스태프가 편안해져야 내가 편할 수 있다는 것. 카메라는 기계인데 기계가 뭐 불편하겠어요. 진짜 카메라는 스태프들의 눈이죠."

문소리는 오래전 큰 파티에서 배우 양조위를 만났다. 수많은 사람이 참석해 정신없는 와중에 양조위와 우연히 눈이 마주쳤는데, 그 눈빛이 굉장히 자신을 존중하는 느낌이었다고. 상대가 누군지 알지 못함에도 그냥 한 생명을 그 자체로 존중하는 사람이라는 걸 알 수 있었다고 했다. 이후로 문소리는 아는 사람이든 모르는 사람이든 눈을 들여다보는 행위에서 무언가 큰 걸 느낄 수도 있다고 생각했다. 바로 내가 그의 눈 맞춤에 감동했듯이.

상대의 시선에 눈을 맞추는 일은 관심 없이는 불
가능하다. 존중 없이는 어렵다. 찰나의 눈 맞춤일
지라도 우리는 느낄 수 있다.

페이스메이커가 되어주는 사람

책 마감 약속을 하염없이 어기는 나날이다. 얼마 후면 이 책을 계약한 지 4년이 지난다. 얼마 전 만난 1인 출판사 대표님은 "그래도 출판사가 기다려주네요?"라고 물어서 얼굴이 빨개졌다. 약속된 마감일을 1년 넘기고는 원고를 도저히 못 쓸 것 같아서 계약 해지의 뜻을 슬쩍 비쳤었다. 출판사는 나의 평온할 수 없는 사정을 아는 터라 기다려주겠다고, 편히 쓰라며 조금의 부담도 주지 않았지만 글빚도 얼마나 무서운 짐인가. 이대로는 안 되겠다 싶어 SNS로 독자들을 모집했다. 쉰 명의 독자들께 두 달간 이틀에 한 편씩 이메일로 원고를 보냈다. 답장은 안 해도 되니 그저 읽어만 주십사 부탁했다. 약속을 하면 어떻게든 지키려고 노력하는 나의 근성을 믿었다.

오전 8시. 내가 메일링을 예약한 시간이다. 신청

자들은 서너 명을 제외하고는 모두 모르는 사람들. 빠르게 메일을 확인하는 사람이 있는가 하면 퇴근 시간 무렵에 메일을 여는 사람도 있었다. 그들은 나의 페이스메이커였다. 천천히라도 쉬지 않고 원고를 쓸 수 있도록 답장을 보내왔다. 글에 대한 리뷰일 때도 있고, 자신의 이야기를 담은 편지일 때도 있었는데, 몇 통의 긴 응원 메일은 지금도 잊히지 않는다.

독자 K와는 지금도 종종 소식을 주고받는다. 수영을 시작한 그는 새벽형 인간이 되어 이로운 점을 설파하며, 어서 수영에 입문하라고 동네 수영장까지 소개해줬다. 나는 그에게 수영 일기가 재밌으니 브런치에 연재해보면 어떠냐고 슬쩍 떠보았는데, 다독가인 K는 딱 잘라 말했다. "서점에 가보면 수영 에세이가 은근히 많아요." 하지만 K는 오래전부터 책을 쓰고 싶어 하는 사람이다. 아직 뚜렷한 주제를 발견하지 못했을 뿐, 꾸준히 블로그에 글을 쓰고 있다.

"친구 공개로만 글을 올리지 마시고요. 책 제목으로 검색어 유입되도록 공개 글을 써보세요. 제가 좋아하는 작가께서 말씀하셨죠. '비밀 글만 쓰면 글은 늘지 않는다.' 저는 일부러 공개 글을 쓸 때도 있어요. 어떤 글에 독자들이 더 반응하는지, 재밌어하는지를 알고 싶어서요."

K는 나의 설득에 못 이기는 척 공개 블로그를 따로 개설했다. 주제는 '출퇴근길에 읽는 책'. 서평을 올리는 블로그는 너무 많으니 꼭 출퇴근할 때 읽는 책만 올리라고 권했다. 반드시 교통수단(지하철, 버스 등)을 배경으로 책 사진을 찍어 올리고 너무 긴 서평이 아닌 1천 자 정도의 적당히 짧은 글, 하지만 강약이 있는 리뷰. 표지와 함께 이 책에서 가장 좋았던 문장 하나를 찍는 패턴으로 부담 없이 시작하라고 했다. 주 5일 근무를 하고 있으니 매달 쌓이는 리뷰는 스무 개. 두꺼운 인문서 리뷰를 쓸 때도 있고 문고본 사이즈의 짧은 에세이 리뷰를 올릴 때도 있는데, 의외로 댓글은 '벽돌책' 리뷰에 많이 달린다. K에게 꼭 지키라고 신신당부한 것은 댓

글이 달리면 꼭 정성스러운 대댓글을 쓰는 것. 독자는 대댓글을 읽기 위해서라도 블로그에 또 방문할 테고 새로운 독자도 유입될 수 있다. 매일 아침 K의 짧은 서평을 읽는 일이 나의 주요한 일상이 됐다. 아침에 글이 안 올라오면 퇴근길에 올리나 싶어 다시 방문하고, 나날이 훌륭해지는 사진과 글솜씨에 각종 화려한 이모지를 달며 응원하고 있다.

K는 50번째 서평을 올리며 '땡스 투 Thanks to'를 길게 남겼다. 페이스메이커가 되어준 나에게 무척 고맙다며 독자가 있다는 사실이 글쓴이에게 큰 힘을 준다는 사실을 깨달았다고. 나는 곧장 댓글을 또 달았다. K님이 먼저 나의 페이스메이커가 되어주셨다고.

어쩌면 우리에겐 멘토보다 페이스메이커가 더 필요한지도 모르겠다. 비법은 모두에게 통하지 않지만 응원은 모든 사람에게 필요하니까. 상대의 속도에 맞춰 같이 뛰어주고 복돋워주는 일의 귀함을 우리는 안다.

조언을 주저하는 사람

사무실로 책이 한 권 도착했다. 첫 책을 낸 저자가 보내온 사인본이었다. 7년 전 같은 팀에서 계약직으로 일한 적이 있었다며 안부를 물어온 그 신인 작가는 "항상 바쁘게 인터뷰 가시던 발걸음이 아직도 기억에 남아요. 책도 챙겨 보고 있었답니다. 그때 따뜻하게 대해주셔서 감사했어요"라며 안부를 전했다. 같은 팀이었지만 파트가 달라 겹치는 업무가 없었던 그는 당시 작가 지망생이었던 것 같다.

대학 4학년 때 취업 공부를 전혀 안 했다. 언론고시를 한 번 보았으나 시험 난이도를 파악한 후 몇 개월 만에 접었고, 방송작가교육원 구성작가반에 등록했다. 드라마반은 경쟁률이 높다고 하니 안정권으로 선택한 수업이었다. 라디오, 교양, 예능 수업을 들었는데 현직에서 톱으로 불리는 강사의 눈에 들어 막내 작가로 취업하는 것이 나의 목표였다. 그런데 방송작가는 문장력보다 기획력이 더 중요한 것 같았다. 물론 성격도. 나는 강사의 눈에 들지 못했고 두 개의 프로덕션에서 짧은 아르바이트(메인작가 보조, 퀴즈프로그램 감수)를 경험하면서 내 길이 아니라고 생각했다. 방송 일은 눈치와 센스가 중요했다. 일은 잘했고 같이 일해보자고 제안도 받았지만, 프리랜서의 불안정성을 감당하면서까지 방송작가가 되고 싶지는 않았다. 결심에 가장 큰 영향을 미친 건 프로덕션에 소속된 작가들이 별로 행복해 보이지 않았다는 점이다. 그들은 매일 피곤해 보였다.

짧은 백수 생활을 거쳐 홍보대행사에 취업했고 보도 자료만 줄곧 쓰다 지쳐서 잡지사에 들어갔다. 편집장은 언제나 헝그리 정신을 요구했다. 마감 기간에는 찜질방에서 자는 게 일상이었는데 나는 어떻게든 마감을 1등으로 마치고 집에 가서 잠을 자고 다음 날 가장 먼저 출근했다. 유별나다는 핀잔은 들었지만 마감은 매번 1등으로 하니 욕을 먹진 않았다. 마지막 부흥기였던 매거진 업계에서 잡지를 3년간 만들고 나니 지쳤다. 연예인에 관심이 없으니 특종 욕심도 없었고 연예인, 정치인 집 앞에서 무작정 기다릴 때마다 나는 누구? 여긴 어디?를 외쳐야 했다. 취업 사이트에 이력서를 차곡차곡 업데이트하기 시작했다.

모 아카데미에서 가장 먼저 전화가 왔다. 방송사에서 사보를 만드는 일을 해볼 생각이 없냐고 했다. 격주로 나오는 사보인데 딱 봐도 널널한 업무였다. 다만 계약직이었다. 정규직이 될 가능성이 없는 계약직. 고민 끝에 면접을 봤고 가기로 했다. 주변에서는 모두 말렸다. 지금처럼 취업이 어려운 시기에 왜 정규직으로 일하다 계약직으로 가냐고 했다. 당시 나는 깊게 생각하지 않았다. 한 번쯤 방송사에서 일해보고 싶었고 마감 스트레스도 적을 것 같았다. 입사하자마자 방송사 노조는 파업을 시작했다. 내가 속한 홍보국은 회사 측을 대변하는 곳이었다.

홍보국은 조직원이 마흔 명쯤 됐다. 많은 방송사가 그렇듯 정규직보다 계약직이 월등히 더 많은 부서였다. 계약직의 종류도 무궁무진했다. 공채로 들어오지 않아서 계약직 신분이지만 정년은 보장되는 경우도 있었고 시용직 직원도 있었다. 그룹웨어에 접속해서 조직도를 검색하면 이름 옆에 정규직, 계약직 신분이 구체적으로 기재돼 있었다. 사보는 계약직 사원들이 주로 만들었다. 2년 주기로 항상 사람이 바뀌니까 홍보국의 수많은 선배는 우리를 잠시 스쳐 지나가는 사람으로 여겼다.

사회 초년생도 아니고 정규직 전환을 기대하고 들어온 것도 아니라, 후배 두 명과 격주로 사보를 만드는 일은 무척 쉬운 업무였다. 공채로 들어온 신입 아나운서 인터뷰도 하고 새로 라디오 DJ를 맡은 아이돌도 만나고 인기 드라마, 예능 촬영 현장도 갔다. 계약직 신분만 빼면 업무 환경은 완벽했다.

선배들은 밥을 잘 사줬다. 당시 방송사는 여의도에 있었는데 웬만한 동여의도 맛집은 모조리 섭렵했다. 타 부서에 있다가 잠시 홍보국에 머물러 가는 공채 선배들은 우리에게 별 조언을 하지 않았지만, 계약직 선배들은 '네 앞날을 잘 생각하라'는 뉘앙스의 조언을 간혹 던지곤 했다. 대부분 고마웠다. 선한 의도가 느껴졌으니까. 하지만 한 선배의 조언은 이상하게도 매끄럽게 삼켜지지 않았다. 그는 우리가 정규직을 기대하고 일할까 봐 지레짐작으로 종종 조언을 쏟아냈다.

우리와 비슷한 상황을 겪어서 마음이 더 쓰였을 것을 안다. 어쩌면 가장 진심으로 우리를 걱정해준 사람일지도 모른다. 그런데 금수저가 흙수저에게 하는 조언이 공감이 안 되는 것처럼, 어떤 선의가 있더라도 자신과 다른 우리의 상황을 파악했다면 말을 아껴야 하지 않았을까.

이후 새로운 직장에 들어갈 때마다 다짐했다. '아르바이트생, 계약직 사원을 만나면 어떤 호의나 선의가 생겨도 섣불리 조언하지 말자.' 가장 불안하고 초조하고 미래가 의심스러운 시기, 비교군이 있는 현장에서 들리는 수많은 말은 상처가 될 수 있다. 누군가 먼저 물어올 때를 제외하고는 어설프게 말을 보태지 않기로 마음먹었다. 내가 할 수 있는 것만 챙기기, 원하지 않을 때 굳이 먼저 다가가지 않기, 확신이 들 때만 말을 보태기. 아르바이트생이 바뀔 때마다 나는 주문을 외곤 했다. 덜 챙겨준다고 서운해하지 않을까 걱정될 때도 있었지만, 실수할 바에야 가만히 있는 쪽을 택했다.

몇 년 후 첫 책이 나왔을 때 서울 망원동에서, 그리고 제주에서 북 토크를 했는데, 따로 연락하고 지내지 않았던 아르바이트생 두 친구가 각각 현장에 나타났다. 그때 고마웠다며 편지와 꽃과 빵을 줬는데 얼마나 반갑고 놀랍던지. 그들의 마음 씀에 감탄했고, 적어도 그들을 힘들게 하지 않았다는 생각에 안심했다. 내가 아르바이트를 한 번도 해본 적 없고 계약직 경험도 없었다면 어땠을까. 나에게 주어진 조금 나은 상황을 당연하게 여기고 서툰 호의를 베풀며 자족하진 않았을까. 정말 아찔하다.

내내 조심하고 싶다. 선의와 호의의 덫에 걸려 무심코 조언이 툭 튀어나올 때, 과연 상대가 들을 마음의 준비가 되었는지, 내 선의를 보여주기 위한 목적이 더 크진 않은지. 어설픈 말들로부터 상대가

마음을 다치지 않도록, 조언을 건네는 일에는 계속
주저하고 싶다.

말해야 할 때를 아는 사람

'분투기 공모전'이 있다면 참가하고 싶다. 글 제목은 미리 정해놓았다. '말하는 여자가 아름답다.' 남자는 안 아름답냐고? 물론 아름답지만 내가 여자라서 붙인 제목이다.

항상 빚진 마음을 품고 산다. 먼저 말하고 다투고 싸워준 사람들에게, 지금의 세상을 만들어준 사람들에게. 소리 지르며 투쟁한 역사 없이는 현재를 누릴 수 없다는 사실을 우리는 너무 잘 알고 있다.

좋아하는 작가에게 연재를 제안한 적 있다. 가제는 '○○의 화가 난다'. 마야 리 랑그바드의 『그 여자는 화가 난다』를 오마주한 제목이었는데, 글쓰기 노동자의 괴로움과 놀랍도록 오르지 않는 강사료와 원고료, 안타까운 출판 노동의 실태를 제대로 한번 써보자는 요청이었다. 작가님은 제안 메일을 읽고는 속이 시원해 깔깔 웃었다고 했다(1년 후 '○

○의 얻다 대고'는 어떠세요?라고 슬쩍 운을 띄웠지만 나는
갑작스레 육아휴직에 들어갔다).

"대학생 때부터 반골 기질이 있었지."
"기자님 처음 봤을 때요? 파이터figther 이미지였
어요."

후덜덜. 나는 타인이 평가하는 내 인상을 듣는
걸 매우 재밌어하는 편인데, 두 이야기는 내내 잊
히지 않는다. 내 이미지가 그 정도였나? 나는 '츤데
레'라는 말을 자주 듣는데. 하지만 인정할 수밖에
없기도 하다. 지금도 기억나는 일이 있는데, 초등
학교 5학년 수업 시간에 큰 뿔테 안경을 쓰던 김○
○ 선생님께 손을 들고 일어서서 외쳤다.
"선생님, 왜 ○○○만 예뻐하시고 우리는 차별하
세요?"
어릴 적부터 나는 공평하지 않은 상황, 누군가가
소외당하는 상황을 견디지 못했다.
어떤 발언을 했을 때 내게 발생할 피해를 짐작하

지만, 하고 싶은 말들이 강물처럼 밀려올 때, 안 하면 후회할 것을 확신할 때 나는 주저하지 않는 편이다. 아니, 그랬었다. 요즘은 강도가 많이 약해져서 과거형이다.

가수 양희은의 유행어 "그럴 수 있지" "그러라 그래"를 마음속에 되뇌며 하고 싶은 말들을 꾹 참으려고 노력하나, 아무도 말하지 않으면 과연 현실이 바뀌나? 사람이 변하나? 하는 생각이 들어 울화통이 터질 때가 많다.

엊그제는 담배를 피우며 아이들이 그득그득한 놀이터를 지나가는 오십대 남성을 보았다. 10미터쯤 떨어져서 걷고 있었는데 말할까 말까 고민하다가 기어코 한마디를 쏘아붙였다. "여기는 흡연 구역이 아닙니다." 바로 담배를 끄지 않는 남성, 그리고 옆에 서서 나를 쳐다보는 초등학생 두 명. 남성이 화를 내며 따지면 어떡하지? 긴장했지만 '내 곁에는 초등학생 무리가 있다'는 자신감으로 외쳤다. 내 화를 분출하고 싶어 던지는 말이 아니다. 금연 구역에서 담배를 태우는 건 불법이니까. 그것도 어

린아이들이 모여 있는 놀이터에서 흡연이라니! 내
가 종종 오지랖 넓은 사람으로 분하는 건, 이 경험
을 통해 그 사람이 같은 행동을 하지 않기를 바라
기 때문이다.

　말하는 사람이 되고 싶고, 말하는 타인을 응원하
고 싶다. 불편한 언어와 행동을 지적하지 않고 사
시사철 너그러운 표정을 지은 채 괜찮은 척 살고
싶지 않다.

행동하는 사람

스스로에게도 타인에게도 자주 하는 말이 하나
있다.

"말을 믿지 말고 행동을 봐. 행동이 진짜야."

말은 너무 쉽다. "사랑해" "고마워" 세 글자만 발
음하면 된다. 고마움을 행동으로 표현하려면 힘이
든다. 어제는 토마토를 한 박스 샀다. 숭덩숭덩 잘
라서 먹으면 편하련만 익힌 토마토가 건강에 좋다
고 한다. 남편에게 토마토를 먹이고 싶어서 칼슘파
우더로 토마토를 박박 씻고 칼집을 내서 큰 냄비에
삶은 후 으깨서 올리브오일을 한 스푼 넣고 텀블
러에 넣어줬다. 속으로는 '아, 정말 사 먹는 게 세
상에서 제일 편해. 그런데 사 먹는 건 유기농 토마
토를 쓰지 않을 거란 말이지. 세척이나 제대로 했
겠어?'라고 구시렁대면서. 삶은 토마토를 냉동실에
쟁여놓으면서 남편 건강을 챙기는 습관이 나의 사

랑이라고 생각한다.

　김성근 야구감독이 쓴 에세이 『인생은 순간이다』의 소개 글을 읽다가 눈에 들어온 문구가 있었다. 출판사에서 만든 카드뉴스에 새겨진 문장이었는데 "'치매 오면 어떡하지' 걱정만 하는 게 아니라 행동을 해. 과일, 나무, 꽃, 선수 이름…… 어제는 열 개를 적었다면 오늘은 스무 개, 내일은 서른 개. 계속 움직이다 보면 약점도 사라져가. 그러면 살아갈 길이 생겨난다고." 편집자인지 마케터인지 문장 정말 잘 뽑았네. 찬탄했다.

　걱정만 하고 아무것도 시도하지 않는 사람, 고맙다고 생각만 할 뿐 아무런 표현도 하지 않는 사람을 신뢰하고 좋아하긴 어렵다. 말도 행동의 일부분이라고? 말이 실로 진심이라면 말로만 끝날 수는 없다.

환대하는 사람

'낭만독서'라는 독서 모임에서 낭독회에 참여해 줄 수 있냐는 연락이 왔다. 시, 소설도 아닌 내 책을 두고 낭독이라니. 작가로서 나의 태도는 '불러 주면 갑니다'이기 때문에 냉큼 수락했다. 제안 메일은 완벽했다. 날짜, 장소, 내용, 규모, 강연비 등 행사에 관한 모든 정보를 한 번에 알려주시는 센스. 신간이 아닌 내 책에 관심을 가져준 것만으로도 감사한데 독서 모임에서 작가를 초대하는 행사는 처음이라고 했다. 날짜를 확정하고도 몇 번의 메일을 주고받았다. 사소한 것도 허투루 준비하지 않는 모습에 '와, 이렇게 다정하고 정확한 담당자가 있다니!' 하고 수시로 놀랐다.

낭독회라서 작가가 특별히 준비할 것은 없었다. 어색한 분위기를 깰 수 있는 농담 몇 개만 챙겨서 행사 장소로 향했다. 초행길은 일찍 도착해야 안심이 된다. 20분 먼저 도착해서 근처 카페에 들어갔는데 점원이 보이질 않는다. 행사 장소에 게스트가 너무 일찍 도착하면 주최 측이 불편하니 좀 더 시간을 벌기 위해 카페에서 시간을 때울까 생각했지만, 이미 커피 한 잔을 마신 터라 곧장 행사 장소로 향했다. 2층인 줄 알고 계단으로 올라갔다가 장소가 4층인 것을 발견하고는 엘리베이터를 탔는데, 누군가 알은체를 한다. 독서 모임 스태프였다.

엘리베이터에서 반갑게 인사하고 커뮤니티 룸으로 들어갔다. 요 며칠 〈하트시그널4〉에 심취해 있어서일까. 마치 방송 세트장에 온 것 같은 아늑한 분위기에 압도됐다. "와, 여기 조명 너무 좋은데요? 초면에 모공까지 다 보이는 형광등 조명에서 만나면 되게 어색하고 뻘쭘한데 이 공간 너무 좋네요" 라며 나는 호들갑을 떨었다. 독서 모임은 3개월마다 새로운 멤버들이 들어오는데, 친한 사람들도 있었지만 아직은 서먹한 듯한 멤버도 있었다. 대개의 북 토크 행사는 작가가 준비해온 이야기를 쭉 한 뒤 질문을 받는 것이 예사인데, 낭만독서는 모든 멤버가 작가의 책을 사전에 정독하고 각자가 가장 좋았던 문장을 따로 기록해 준비했다. 모임장의 사회를 시작으로 행사 취지를 소개하고 모임원들의 자기소개가 이어졌다. 이름, 하는 일 정도만 소개하면 재미가 없을 것 같아 "혹시 가장 좋아하는 작가나 최근에 읽었던 좋은 책 한 권씩 말해보면 어떨까요? 제가 여러분들의 취향을 몰라서 한번 듣고 싶습니다"라고 말했다. 고전을 이야기하는 사람도 있었고, 팟캐스트 〈정희진의 공부〉를 열심히 듣고 있다는 사람도 있었다.

스태프 중 한 분이 내 테이블 위로 커피를 한 잔 슬쩍 올려놓았다. 아이스 비엔나커피였다. 얼마 전 내가 인스타그램에 커피 사진을 올려놓았는데 같은 메뉴였다. 문득 대구의 한 책방에서 북 토크를 했을 때가 생각났다. KTX를 타고 가는데 나의 커피 취향을 세세하게 물어왔던 책방지기의 다정하고 따뜻한 문자. 정말 나를 초대하고 싶었구나 하는 생각에 고맙고 안심이 됐던 메시지가 떠올라 미소가 절로 지어졌다.

어떤 모임이든 참여자들의 발언권이 고루 나눌 때, 그 모임의 건강함을 느낀다. 생각을 나누고 싶은 마음은 북 토크에서도 변하지 않는다. 낭만독서에서 마련한 두 시간 낭독회는 모두에게 마이크가 공평하게 주어지는 시간이었다. 책에서 가장 좋았던 글귀를 낭독하고, 이유를 말하고, 작가에게 궁금했던 것을 묻고, 오늘의 소감을 나누는 자리. 지금까지 참여했던 책과 관련된 모든 행사 중에 압도적으로 좋았다.

한 참석자는 이렇게 말했다. "오늘 나눈 이야기도 좋고 책도 좋았지만, 서로의 이야기에 경청하는 모습, 그 마음이 전심으로 느껴진 점이 가장 좋았어요." 내가 하고 싶었던 말을 타인으로부터 먼저 듣는 일이 이렇게 반갑다니, 요즘 글이 너무 안 써져 쪼그라들기만 했던 내 마음이 활짝 펴지는 느낌이었다.

집에 가는 길, 모임원들이 각각 다른 서체로 포스트잇에 인쇄한 질문들을 꺼내 읽었다. 시간 관계상 모든 질문에 답할 수 없어서 나머지 질문은 서면으로 답을 보내드리겠다 하고 포스트잇 뭉치를 가져왔는데, 안 갖고 왔더라면 후회할 뻔했다. 재밌고 신박하고 또 심각하고 웃긴 질문들을 읽으며 그간 내가 작가들에게 했던 질문들이 떠올랐다. 3일 후, 하나하나 답을 써서 메일로 보내드렸는데 무척 반가워서 오히려 내가 더 기뻤다.

누군가를 초대하고 응답하는 일, 그 마음의 애씀이 얼마나 귀한 일인가. 상대를 환대하고 그 환대를 기꺼이 받고 또 고맙다고 인사하는 행위. 내가 참 좋아하는 이 일을 한동안 못 해서 쓸쓸했구나, 다시 또 연결되는 기쁨을 누려야겠다고 생각한 밤이다.

같이 일하고 싶은 사람

작가들에게 자주 묻는 질문이 하나 있다. "어떤 제안을 받을 때 가장 기쁜가?" 내가 예상하는 답변은 대략 이런 이야기다. 좋아하고 신뢰하는 출판사 혹은 매거진에서 온 원고 청탁, 평소 쓰고 싶었던 주제의 칼럼 제안, 2차 창작물 제작 제안 등. 박서련 작가에게도 같은 질문을 드렸는데 답이 참 좋았다.

"믿고 아는 사람이 같이 작업하자고 했을 때요. 작가님이든 편집자님이든 기자님이든 원래 아는 분이 저를 한 번 더 찾아주셨을 때가 기뻐요."

이야기를 듣고 몇 명의 사람이 생각났다. 그중 4년 넘게 매거진 〈채널예스〉를 함께 만든 Y실장님이 있다. 2015년 창간호부터 97호까지를 만드는데 가장 고마운 사람을 한 명 꼽으라고 하면 두말없이 Y실장님을 꼽을 것이다. 2년간 함께 일하고,

이후 독립한 실장님께 또 한 번 손을 내민 건 믿을 수 있는 사람이었기 때문이다. 어떤 질문에도 허투루 답하지 않고 약속을 잘 지키고 더함과 덜함이 없는 사람. 실장님과 매거진을 만들 때 나는 가장 안심했다.

며칠 전 충격적인 장면을 하나 목격했다. 너무도 타당한 질문을 두고 "그 질문은 좋지 않다"라고 판단하는 사람이 있었다. 청중이었던 내가 얼굴이 붉어질 정도로 당황스럽고 불쾌했다. 과연 좋지 않은 질문은 뭘까, 그른 질문이라는 것이 존재할까. 아마도 답변자는 금세 잊었겠지만 질문자와 청중은 오래 기억할 만한 현장이었다. '좋은 질문'이란 무얼까. 상대에게 정말 궁금해서 묻는 질문은 모두 좋은 질문이다. 전혀 궁금하지 않으면서 묻는 질문이 가장 형편없는 질문이다. 일을 잘하기 위해 끊임없이 질문하는 사람, 자신에게든 타인에게든 자꾸만 묻는 사람과 일하고 싶지 않을까? 이해되지 않으면서, 수긍할 수 없으면서 대답만 빠른 사람이나 의견을 좀처럼 내지 않고 언제나 수동적인 태세로 일하는 사람과는 긴 시간 함께 일하기 어렵다.

Y실장님은 꼭 필요한 질문들을 매우 사려 깊고 신중하게 말하곤 했다. 상대의 실수가 뻔히 보일 때도 예의를 갖춰 표현했다. 웬만해선 흥분하는 법이 없었다. 지금 마주한 상황에서 가능한 최선의 방법을 찾아낼 줄 알았다.

덕분에 많이 배웠다. 질문은 일단 내 생각이 정리된 후에 할 것, 상대가 빠르게 이해할 수 있도록 충분히 구체적으로 설명할 것, 주장보다는 대안을 제시할 것, 질문할 때도 적절한 타이밍을 생각할 것. 얼마 전 연락이 닿은 '일잘러' Y실장님은 올해는 개인 작업에 집중하고 싶다고 말했다. 누군가 내게 "사업체 차릴 거면 Y실장님이랑 동업하세요"라고 말해서 피식 웃었는데, 평생 나는 사업할 마음이 없지만 Y실장님이 진지하게 러브 콜을 보내면 일단 고민을 해볼 것 같다.

죄책감을 주지 않는 사람

　20년 지기 친구를 만났다. 양손에는 각종 선물이 들려 있었다. 만날 때마다 뭔가를 챙겨주는 친구는 일상 자체를 베풂으로 엮는 사람이다. 온유하고 상냥한 데다 너그러운 성품이라 주변에는 늘 사람들이 많다. 그런 친구가 웬일로 사람 고민을 털어놓았다.

　"최근에 업계 모임에서 만난 사람인데, 외향적인 성격이라 금세 친해졌어. 둘이 따로 몇 번 만나기도 했고. 그런데 언젠가부터 나한테 많이 기대더라? 내가 사람들 챙겨주는 거 좋아하잖아. 그걸 눈치챘는지 나한테 바라는 게 은근히 많아지는 거야. 그것이 물질일 때도 있고 애정일 때도 있는데, 내가 아무리 온갖 스타일의 사람을 좋아하는 성향이지만 시간이 갈수록 좀 지나치다 싶더라? 가족한테도 바라지 못할 걸 자꾸 요구하고. 그런데 내 성

107

향상 또 무시를 못 해. 안 해주면 내 마음이 불편하고. 아, 힘들다."

친구의 이야기를 들으니 단박에 떠오르는 사람이 있다. 꾸준히 연락했지만 자주 만나고 싶지 않은 사람. 만날 때마다 나에게 과한 애정 표현을 쏟아내는데 문제는 나에게도 그만큼의 애정을 똑같이 요구한다는 사실이었다. 항시 자신을 향한 마음을 표현해주길 바라는데, 나라는 사람은 무엇도 과장하고 싶지 않은 성격이라 자주 부딪혔다. 결국 조금씩 거리를 만들어 느슨한 관계가 되었다. 가끔 그를 떠올리면 마음이 답답해진다. 그를 싫어하는 마음 때문에 오랫동안 죄책감에 시달렸기 때문이다.

사람들은 누구나 자신이 좋은 사람이길 바란다. 나쁜 사람이 되고 싶어서 안달하며 사는 사람은 없다. 누군가에게 쓸모 있는 존재가 되었을 때 살아갈 기운을 얻고, 내가 못난 사람으로 여겨지면 자책한다. '이 사람이랑 있으면 내가 좀 괜찮은 사람이 된 것 같아'라는 감정은 관계에 있어 매우 중요한 지점인데, 반대로 '이 사람과 대화하면 내가 자꾸 나쁜 사람이 돼' 같은 감정으로는 결코 좋은 관계를 만들어갈 수 없다. 사람의 죄책감을 건드리는 관계는 서로에게 상처를 준다. 반면 나를 더 좋은 사람으로 성장하게 만드는 사람은 자꾸 보고 싶다. 그로부터 얻은 에너지를 나도 누군가에게 주고 싶은 마음이 든다. 그런 나를 더 사랑하고 싶어진다.

친구에게 말했다. 죄책감을 느끼게 하는 사람과는 건강한 관계를 만들어가기 어렵다고, 너를 희생하면서까지 그 관계를 이어가려고 애쓰지 말라고. 분명한 해답은 아닐지 몰라도 포기해야 할 관계도 있다는 사실을 인정하는 일로부터 새로운 관계도 만들 수 있지 않을까. 내가 들어야 할 말을 친구에게 하느라 멋쩍었지만 다짐해야 또 실천할 수 있는 법이니까.

자기 수용 범위를 아는 사람

일 욕심, 관계 욕심이 지나치게 많은 사람을 볼 때면 부담을 느낀다. 한 사람이 정해진 기간 안에 할 수 있는 일, 느낄 수 있는 감정의 총량은 어느 정도 정해져 있다고 생각하는데, 언제나 자신의 수용 범위를 훨씬 넘기며 사는 듯한 사람을 볼 때면 아슬아슬하다.

소수의 관계를 정성껏 돌보는 사람을 마주할 때, 더 호감이 인다. 자신의 깜냥을 아는 사람, 내가 가진 능력치를 정확히 파악한 사람과 오래 교우하고 싶다.

질투를 드러내지 않는 사람

사람에 관해 에세이를 쓰기로 마음먹었을 때, 꼭 쓰고 싶은 타이틀이었다. '질투'. 드라마 〈질투〉를 열렬히 좋아했고, 박찬옥 감독의 영화 〈질투는 나의 힘〉도 흥미롭게 봤지만 나는 질투를 좋아하지 않는다. 인간에게 너무나 당연한 감정이지만, 질투를 선명하게 드러내는 사람에게 받았던 상처가 크기 때문이다.

첫 직장의 사수는 내게 일을 제대로 가르쳐주지 않았다. 정말 최소한의 것만 알려줬다. 혹여 내가 자신보다 일을 잘할까 봐 경계의 끈을 놓지 않았다. 업무상 미리 알아두면 좋을 정보도 내가 꼭 물어야만 알려줬고, 피드백 또한 전혀 하지 않았다. 10년 만에 재회한 친구는 자신의 절친이 나에게 호감을 비치자 나를 멀리했다. 이후 버릇이 생겼다. 나와 가까운 사람이 각별히 좋아하는 대상과는

친밀해지지 않기. 적당한 거리감을 유지하기. 이제
는 제법 고수가 돼서 관계 트러블을 거의 겪지 않
는다.

질투라는 감정을 이해하고 받아들인다. 인간이
느낄 수 있는 당연한 감정이라고 생각한다. 하지만
성숙한 인간은 자신의 질투를 숨길 줄 안다. 자존
감이 높은 사람이라면 질투에 쓸 에너지를 스스로
에게 돌려 자신을 돌보는 일에 쓸 것이다.

잘 알고 좋아하는 사람

강화길 작가의 소설 「화이트 호스 White Horse」를 읽다가 밑줄을 박박 그었다. 별표는 세 개 달았다. "타인에 대한 판단을 끝낸 사람에게는 이런저런 설명을 해봤자 아무 소용이 없다는 걸 나는 알고 있었다." 작가는 비슷한 이야기를 「서우」라는 소설에도 썼다. "사람에 대한 선입견이 한번 생기면 거기서 벗어나기가 어렵다는 걸 알게 되었기 때문이다."

사회 초년생 시절, 꽤 전문적인 심리검사를 했다. 예상했던 결과였다. 나라는 사람은 타인, 즉 한 개인에 대한 평가를 잘 바꾸지 않는 성격이라고, 한번 믿고 나면, 한번 좋아하면, 쭉 믿고 쭉 좋아하는 사람이라고 결과지에 쓰여 있었다. 어쩔 수 없이 처절한 마음으로 동의했던 기억이 난다.

나는 사랑에 금세 빠지는 '금사빠'가 아니다. 핑

장히 신중하게 사람을 좋아하고 싫어한다. 나에게 실수를 했어도 악의가 없었다면 싫어하지 않는다. 다만 좋아하진 않을 뿐, 그리고 거리감을 둘 뿐이다. 사람을 공정하게 대하고 싶은 욕망, 나에게 잘하지 않아도 좋은 사람이라면 좋아하고 싶은 마음, 나는 이런 마음에 대해 생각을 참 많이 하는 사람이다. 문제라면 누군가를 마냥 좋아하긴 어려운, 한 개인의 실체를 자주 목격할 수밖에 없는 일을 하고 있다는 것, 그 촉이 매우 발달했다는 점이다.

"사람은 이미지라니까! 다 이미지야! '내가 그를 좋아하겠다'고 결심해버리면 다 좋게 본다니까. 우리가 아무리 불편하다고 눈치를 줘도 소용없어. 이미 좋아하겠다는 렌즈를 끼고 그 사람을 바라보고 있으니까. 게임 오버지." 두 친구는 내 말에 씁쓸하게 긍정했다.

주변에 평판이 좋은 사람들이 많다. 사람들이 묻지도 않고 따지지도 않고 좋아하는 사람들. 나는 동의하지 않는 어떤 평판. 하지만 "그 이미지, 다 허상이에요. 우리한테 이랬다니까요?"라고 말할 수 없다. 누군가를 어렵게 좋아한 그 마음을 어찌 버리라고 할 수 있단 말인가. 나도 내가 만들어낸 단면의 페르소나가 있을 텐데, 그 페르소나로만 나를 파악한 사람이 존재하지 않겠는가?

오싹하다. 서늘하다. 나의 실체를 보지 못한 사람들이 나를 고평가할까 봐. 부러 하소연도 쓰고, 못난 모습도 보인다. 잘 알지 못하면서 누군가를 좋아하고 누군가를 싫어하는 사람들을 보며, 나는 여전히 '잘 알고' 좋아하고 싶은 욕망을 버리지 못하며 애면글면 살고 있다.

잘 표현하는 사람

"힘드니?"라는 말을 들었다. 속으로 생각했다. '제가 어떻게 안 힘들겠어요.' 내 곤경을 가장 잘 아는 사람으로부터 들은 말이라 내내 상처가 됐다. "힘들지"라고 말하려다 실수했을지도 모르겠다. 그런데 자꾸 잊히지 않았다. "힘드니?"와 "힘들지"는 천지 차이다.

"힘내"라는 말도 식상하다. 깊이 생각하지 않아도 할 수 있는 말이고 언제든지 할 수 있는 표현이라서 전혀 힘이 나지 않는다. 또 습관처럼 말하는구나, 생각한다. 친구 여섯 명이 속해 있는 단체 카톡방에서 모임 약속을 잡다가 각자의 근황을 이야기했다. 투정, 하소연 같은 건 웬만하면 안 하는 나인데, 이날은 웬일인지 푸넘 섞인 말들이 자꾸 나왔다. 썼다 지웠다 망설이다 전송하고는 후회했다. 친구들은 모두 "힘내"라는 문구가 적힌 각종 이모

티콘을 보내왔다. 이것은 진정 위로인가? 물음표를 품고 있는데 친구 한 명이 "지혜야, 힘내자"라고 말했다. 갑자기 눈물이 핑 돌았다. "힘내"가 아닌 "힘내자", "너 힘내야 해"가 아니고 "우리 같이 힘내자"라는 말이 왜 이렇게 힘이 되던지. 그날 이후로 나의 위로 메시지는 "힘내자"로 정했다.

제대로 위로하고 싶고 상대에게 의도치 않은 상처를 주기 싫다면, 홍인혜 작가의 책 제목처럼 "고르고 고른 말"로 표현할 수 있어야 한다. 글자 하나, 단어 하나에 마음이 베인 기억은 누구나 있으니까.

괜찮은 척 안 하는 사람

1년에 두세 번 정도 불쑥 연락하는 친구가 있다. 친구의 특기는 불쑥불쑥. 우리는 주기적으로 서로를 섬세하게 살피는 관계는 아닌데, 그래서 오히려 편한 구석이 있다. 수시로 연락하는 경우는 극히 드물고 대부분 친구가 먼저 연락한다. 내 안부를 짧게 묻고는 하소연을 늘어놓는다. 내 평소 기질에 따르면 친구의 행동이 조금 불편할 법도 한데 이상하게도 받아들여진다. 이런 성향의 친구도 한 명 있는 거지 뭐, 싶은 걸까. 서로에게 큰 기대를 하지 않아서 편한 걸까. 이날의 주제는 사람들이 자신을 태평하게 봐서 짜증이 날 때가 많다는 것이었다. 괜찮은 척, 무난한 척, 평온한 척을 할 뿐 매일 타들어가는 마음으로 살고 있는데 태연해 보이는 연기를 너무 잘한 탓인지 만나는 사람들마다 "너 얼굴 좋아 보인다"라는 이야기를 해서 짜증이 나 죽겠다고 했다.

애는 내 일기장에 들어갔다가 나왔나? 한 달 전 내 마음이랑 너무 똑같아서 깜짝 놀랐다. 친구의 하소연을 한참 들으며 어떤 반응을 해줘야 좋을지 생각했다. 첫째, 일단 친구 마음에 공감해주고 네 말이 다 이해된다고 말한다. 둘째, 은근슬쩍 조언을 던진다. 셋째, 조언을 언짢아하면 얼른 태세를 바꿔서 그냥 듣기만 한다. 넷째, 해답을 기대하는 듯한 말을 해도 유혹에 넘어가지 않는다. 다섯째, 그래도 뭔가를 물어보면 솔직히 말해본다.

이날도 나는 여러 번의 갈등 끝에 살짝 운을 띄웠다. "있잖아. 내가 한 달 전에 딱 너랑 같은 마음이었거든? 그런데 생각해보니까 웃기더라고. 내가 괜찮은 척하고 싶어서 했고, 사람들은 내가 괜찮아 보였으니까 괜찮다고 말한 거거든? 그런데 그걸 또 내가 안 괜찮아하는 걸 보고 이게 뭔 웃긴 놀이인가 싶더라고. 그래서 그냥 괜찮은 척 안 하는 사람이 되기로 했어. 왜냐하면! 내가 안 괜찮으니까. 내가 괜찮지 않은 모습을 보고 불편해하는 사람이 있으면? 그럼 뭐 어때. 괜찮은 모습일 때만 내 옆에 있는 사람들과 잘 지내면 그게 뭐니?"

　달콤한 비엔나커피를 마시던 친구는 눈을 동그랗게 뜨더니 맞장구를 치기 시작했다. 아무리 생각해봐도 이 친구는 자신이 안 괜찮을 때만 나를 찾는데, 이상하게 불편하지 않다. 울적할 때만 나를 찾는 친구가 고약해 보이지 않는 이유는 뭘까. 친구의 회복을 보며 나의 효용가치를 뿌듯해하기 때문인 걸까. 그날만큼은 가뿐한 표정으로 헤어진 친구는 새로운 계절이 오면 또 다른 문제로 나에게 연락할 것이다. 그러면 나는 또 괜찮지 않아도 된다고, 그래도 난 네 옆에 있어줄 거라고 말할 것이다.

대신 화내주는 사람

무기력에 시달리고 있는 친구를 만났다. 광화문 교보문고 앞에서 만나 커피를 마시고 흥국생명 빌딩까지 걸으며 최근에 만났던 최악의 사람에 대해 이야기했다. 굳이 싫은 사람 이야기를 꺼낸 건 친구가 상사 때문에 매우 상심한 상태였기 때문이다. 누가 더 최악인가? 우리는 경쟁하듯 이야기를 쏟아냈고 예상대로 친구가 이겼다. 다양한 직종의 사람을 만나야 하는 친구는 내가 아는 사람 중 '참을 인忍'을 가장 많이 사용한다. 대부분의 사람들이 매우 빡치는 순간에도 미소를 잃지 않고 너그러이 응대하는 사람, 자신의 속은 타들어가도 상대에게 상처 주지 않으려고 노력하는 사람이다.

친구의 상사는 친구의 여린 성품에 대해 지속적으로 비아냥댔다. 그렇게 마음이 약해서 어떻게 영업을 하냐고, 가끔은 상대를 몰아붙일 줄 알아야 한다며 팀원들이 다 있는 자리에서 친구의 성격을 비꼬며 화를 냈다. 웬만큼 화가 나는 상황에도 감정을 잘 조절하는 친구인데 그때는 눈물이 한없이 나와서 펑펑 울었다고, 후배들의 얼굴을 보기가 부끄러워서 출근하기가 겁났다고 했다.

친구는 내게 회사에서 울어본 적이 있냐고 물었다. 당연히 있다. 사회 초년생 시절에는 없었고 최근 몇 년간 모니터를 보면서 여러 날 울컥했다. 하지만 회사 일 때문은 아닌 개인적인 일들 때문이었고 동료들에게 들킨 적은 없었다. 더 눈물이 나면 사무실 밖으로 나갔으니까.

위로를 해줘야 하는데 분노가 앞섰다. 친구의 상사가 내 눈앞에 있었다면 10초 정도 정색하며 노려봐줬을 텐데. 찰진 욕 대신 상사의 잘못을 조목조목 따졌을 텐데. 제3자가 왜 나서냐며 화를 내면 "그러면 안 되는 법이라도 있냐?"라고 소리를 질러줬을 텐데. 괜히 미안한 마음에 카카오가 듬뿍 든 진한 초콜릿케이크 접시를 친구 앞으로 밀었다.

"야, 그런데 있잖아. 3개월 지나고 6개월 지나고

1년 지나고 2년 지나면, 지금 너무나 괴로운 일들이 또 까맣게 잊히는 거 너도 알지? 나도 불과 일주일 전에 K라는 사람 때문에 손을 덜덜 떨었는데 이제 K가 측은해 보이더라. 자기가 가진 게 너무 없다고 느껴질 때 남을 공격하는 사람이 있거든? 네 상사는 어쩌면 속으로는 너를 부러워할걸? 너 사람들한테 사랑 많이 받잖아. 자기한테 없는 걸 네가 가졌으니까 눈꼴사나운 거지."

친구가 희미하게 웃기 시작했다. 왜 자기보다 더 화를 내냐며 멋쩍다고 그만하라며 2차로 디저트 카페를 또 가자고 손짓했다. 휴, 다행이다 싶었다. 내가 평소보다 더 성을 낸 건 대신 화내주는 사람의 존재가 큰 힘이 되었던 기억이 있기 때문이다. 사과받고 싶은 상대에게는 사과를 받지 못했어도 대신 사과하는 사람, 대신 울어주는 사람, 대신 화내주는 사람이 있을 때 어깨를 툭툭 털고 다시 일어날 힘이 생기곤 했다.

우울한 사람

원고를 쓸 때 타인의 글을 적게 보려고 노력하는 사람이 있는가 하면, 좋은 영감을 얻기 위해 여러 권의 책을 동시에 읽는 사람이 있다. 나는 후자다. 일 때문에 꼭 읽어야 하는 책들이 쏟아지기도 하고, 우정 구매한 책들의 리뷰도 쓰고 싶어서 틈나는 대로 속독을 한다. 오늘 내게 건너온 책은 수미 작가의 『우울한 엄마들의 살롱』. '엄마'라는 글자 앞에 '우울'이라니. 아, 읽지 않을 도리가 없었다.

만약 내가 이 제목으로 책을 썼다면 어땠을까? 초등학교 3학년인 내 아이가 "엄마 우울해?"라고 분명히 물었을 것 같은데. 그러면 나는 "어, 우울할 때도 조금 있는데 엄마한테는 너처럼 귀여운 아들이 있어서 행복해"라고 말했겠지. 공감 없이 읽을 수 있는 단락이 하나도 없을 만큼, 저자의 이야기에 푹 빠져 읽었다.

생각해보니 나는 우울한 사람을 좋아한다. 시종일관 언제나 해맑고 에너지가 넘치는 사람보다 자신의 감정과 내면을 깊이 들여다보려고 노력하는 사람이 좋다. 우울을 생각할 때 내가 주로 떠올리는 건 의사 이국종의 고백이다. 2019년 기사로 기억한다. 제목은 "나는 항상 우울하다, 그래도 그냥 버틴다". 그는 우울을 조금이라도 감소시키기 위해 필사적으로 노력하는데, 구내식당의 점심 반찬이 잘 나오면 그런 소소한 것들로 행복감을 느끼려고 한다고 했다. 나도 비슷하다.

우울은 때로 걱정거리로부터 똬리를 튼다. 불안에서 시작된 우울이 머리와 마음을 지배할 때, 나는 마음을 환기시키기 위해 노래를 듣고 책을 읽고 글을 쓰고 신뢰하는 누군가에게 만남을 청한다. 사고와 감정이 의지로 제어되지 않을 땐 침대로 직행한다. 잠이 오지 않아도 자려고 애쓰다 보면 지쳐서 잠이 든다. 까먹으려고 버둥거리고 덜 생각하기 위해 딴짓을 시도한다. 이따금 내 모습이 애처롭지만 분투하는 태도는 아름답다고 여긴다.

우울해서 얻는 것들도 있다. 나와 비슷한 마음을
가져봤을 사람을 생각해보는 일, 세상을 더 겸손한
시선으로 바라볼 수 있는 자세, 예민한 감수성으로
부터 얻는 영감 등. 그리고 우울한 사람은 은근히
귀엽다.

안부를 물어보는 사람

일주일간의 재택근무를 마치고 출근했다. 몸살인 줄 알았는데 기어이 코로나바이러스에 걸리고야 말았다. 3일간 온몸이 쑤셨고 인후통이 상당했다. 업무 때문에 전화를 건 모 편집자님은 내 목소리를 듣더니 놀라서는 "듣고만 계셔요. 대답은 카톡으로 해주세요"라고 이야기하고 금방 전화를 끊었다. 짧은 격리 기간이었고 조용히 지낸 일주일이었는데 코로나19를 먼저 경험한 친구들의 위로가 따뜻했다. 배달 음식 쿠폰과 홍삼, 과일, 프로폴리스 스프레이도 보내주었다.

"이 정도면 견딜 만해, 괜찮다"라고 말했지만 안부를 물어주는 친구들이 퍽 고마웠다. 그리고 오늘, 오랜만에 출근한 회사 책상 위에 두 통의 편지와 따뜻한 겨울 양말, 예쁜 머그잔이 놓여 있었다. 순간 마음이 찌릿하면서 후유증아 물러가라! 소리칠 수 있는 용기가 생겼고, 손 편지보다 귀한 마음은 없겠구나 생각했다.

몸이 아프고 마음이 아프면 쓸쓸한 기분이 든다. 혼자 있는 기분도 들고, 누군가에게 민폐가 될까 봐 염려스럽기도 하다. 그런데 장점도 있다. 내가 가장 약한 모습일 때, 말을 걸어오는 사람들이 있기 때문이다.

요즘은 안부를 잘 묻지 않는 시대다. 언제나 적절한 거리를 유지해야 하고 느슨한 관계를 추구해야 한다. 친한 척은 금지. 조금이라도 사사로운 질문은 걸러내야 한다. 메일을 쓰다가도 문자를 보내다가도 백스페이스를 열심히 눌러댄다. 이런 거 물어봐도 되나? 고민하다가 입을 닫을 때가 많다. 안부를 전하고 싶은데 물어봐주지를 않으니 대답할 기회가 없다.

물어보는 사람이 희귀하고 고귀한 시대에 먼저 말을 걸어보면 어떨까? 내가 기다리듯 상대도 기다리고 있을지 모르니까.

시도하는 사람

스스로에게도 궁금한 질문을 타인으로부터 자주 듣는 요즘이다. 글쓰기 강의를 가면 자주 듣는 질문은 "슬럼프를 어떻게 극복했나요?" "글이 안 써질 때 어떻게 하나요?"다. 슬럼프라고 할 것까지는 없지만 스트레스를 많이 받거나 우울할 땐 좋아하는 사람, 믿고 따를 수 있는 사람들에게 SOS를 친다. 하소연을 늘어놓고 토닥토닥 위로받고 나면 '그래, 내가 정말 좋아하는 사람 몇 명에게만 인정받으면 그걸로 됐다' 싶다. 물론 동굴로 들어가고 싶을 때도 많지만 그 생각이 그리 오래가지는 않는다. 사람에게 받은 스트레스도 사람으로 해결하는 편이다. 또 컨디션이 좋지 않을 때는 일단 샤워를 한다. 좋은 향이 나는 보디 워시를 펑펑 짜서. 그런 다음 머리를 빠르게 말리고 나간다. 집에서 머리도 안 감고 잠옷 입고 퍼져 있으면 스스로가 한심해서

견딜 수가 없다. 공원이든 카페든 동네 도서관이든, 집이 아닌 어딘가로 향한다. 좋아하는 음악을 들으며. 주로 듣는 곡은 유튜브에 올라와 있는 '카페 선곡'이다. 기분이 심각하게 울적하면 돈을 활용한다. 갑자기 생각나는 사람, 안부가 궁금한 사람, 한동안 소원했지만 평생 볼 사람에게 깜짝 선물을 보낸다. 커피 쿠폰 같은 부담스럽지 않은 것. 생일이나 기념일이 아닐 때 받는 깜짝 선물은 상대를 매우 기분 좋게 만드는데, 그 행복감을 목격하는 즐거움이 상당하다. 상대의 기쁨을 위해 마련하지만 알고 보면 나의 행복감을 위한 선물이 세상에는 꽤 많다.

그럼 두 번째 질문. 글이 너무 안 써질 때는 어떻게 하는가. 4년 동안 책 마감을 못 한 내가 답할 질문은 아니라고 생각하지만, '일단 쓴다'라는 말은 역대급 명언이다. 머릿속으로 생각만 하고 손을 움직이지 않으면 결과물은 없다. 첫 문장 쓰기의 두려움이 크면 도구를 바꿔본다. 노트북 대신 스마트폰, 워드프로세서 대신 인스타그램 앱. 편집자이자 산문을 쓰는 한 작가는 "책 한 권을 택시 안에서 스마트폰으로 완성했다"고 내게 고백한 적이 있다. 영감이 떠오르지 않으면 환경을 바꾼다. 매일 가는 카페 말고 좀 멀지만 좋은 음악이 나오는 카페를 굳이 찾아간다.

우리는 언제든지 슬럼프를 느낄 수 있고 어떤 글도 써지지 않는 시기를 경험하기도 한다. 참아내고 받아들이는 것도 용기지만, 이겨낼 수 있고 빠르게 극복할 수 있다면 무언가 시도해야 한다.

많이 아끼는 후배를 만났다. 번아웃, 슬럼프에 이어 하고 싶은 일이 무엇인지 모르겠다고 했다. 어떤 조언을 해야 하나, 응원만 해야 할까, 밥만 사주고 입을 꾹 다물어야 하나 고민하다가 슬렁슬렁 내 이야기를 꺼냈다.

"나 올 초에 모 매거진에 원고 쓰고 싶다고 먼저 메일 썼잖아. 몰랐지? 나 원래 먼저 뭔가를 제안하지 않는 편이거든? 그런데 이미 유명한 모 작가가 나한테 똑같은 메일을 보낸 적이 있었어. '아니 이분도 이런 메일을 쓰는데, 내가 못 쓸게 뭐람' 싶더라고. 그래서 그 매거진에 연재하게 됐냐고? 아니 따뜻한 답장만 받았지. 내년 필자로 고려해보겠다고. (웃음) 쪽팔렸냐고? 음, 반나절 정도? 그다음엔 괜찮더라. 그냥 새로운 일이 시작될 때 나라는 사람이 있다는 걸 기억해달라는 정도의 뉘앙스였으니까. 지난주에도 어딘가에 나 어필하는 메일 썼거든? 이런저런 일을 할 수 있다고. 뭐 당장 새로운 일이 생기진 않겠지. 하지만 일단 던져보는 거야. 아무런 시도도 하지 않으면 새로운 일은 펼쳐지지 않으니까."

후배와 대화하고 딱 일주일 뒤 모 매거진에서는 내년에 원고 작업을 함께하자고 연락이 왔고 모 출판사에서는 인터뷰 시리즈 연재를 해보면 어떻겠냐는 전화가 왔다. 그리고 조금 전 독서 모임 후기를 SNS에 올렸더니 한 중학교 교사께서 학생 대상으로 특강을 해줄 수 있냐고 물어왔다.

정말이지 내가 아무것도 시도하지 않고 무언가를 바라면 안 된다. 설령 내가 원하는 결과로 이어지지 않더라도 몸을 움직여야 한다.

자존을 지키는 사람

책 쓰자는 제안이 종종 온다. 어제는 음식에 관한 에세이를 써보자는 메일을 받았다. 커피를 좋아하지 않느냐며, 좋아하는 커피 이야기를 담아보자는 편집자의 메일을 읽고는 살짝 설렜다. 마감을 못 한 원고가 있는 상태에서 새 책은 절대 계약하지 않겠다는 신조를 갖고 있기 때문에 정중히 거절했지만, 꽤 오래전부터 쓰고 싶은 책이 두 권 있다. 한 권은 내가 실제로 들었던 여러 응원의 말들을 기록한 책, 그리고 다른 한 권은 부모를 진심으로 존경하는 자녀들을 인터뷰해 엮는 책이다. 내 자녀가 훌륭하게 컸다고 부모가 자랑하는 책이 아니라, 자신의 삶에 만족하는 성인 자녀들이 어릴 적 부모에게 받은 좋은 영향을 직접 이야기하는 책. 만약 쓰게 된다면 가수이자 변호사인 이소은 님은 꼭 인터뷰하고 싶다.

이소은의 아빠인 이규천 님은 2018년 "아빠의 방목 철학"을 부제로 단 에세이 『나는 천천히 아빠가 되었다』를 펴냈다. 이 책에는 홀로 유학을 떠났던 큰딸에게 보냈던 편지가 수록됐는데, 크게 감동받았던 글귀가 있다.

"항상 마음을 편하게 하고 활발한 상태를 유지하라. 나쁜 상황은 생각하지 마라. 자신을 낮추지 마라. 경쟁자들이 너에게 하는 말을 깊이 생각하지 말고, 남에게 나쁜 말을 하지 마라. 항상 너에게 호의적인 사람과 함께 있는 것처럼 어떤 상황에서도 자존감을 가지고 행동하라."

그의 첫째 딸인 피아니스트 이소연은 고백한다. "아빠는 내가 잘난 사람이 아닌데 잘난 사람처럼 느끼게 해줬다"라고. 자녀의 성장에 부모가 얼마나 많은 영향을 끼치는지를 알기에 나는 세 부녀의 각별하고 따뜻한 관계가 부러웠다. 유독 마음에 남은 문장은 "항상 너에게 호의적인 사람과 함께 있는 것처럼 어떤 상황에서도 자존감을 가지고 행동하라"는 말이었다. 가능한 일인가, 노력하면 될 수 있는 마음인가 의문이 들지만 신뢰하는 아빠로부터 들은 조언은 외로운 유학 생활의 든든한 버팀목이 됐을 것이다. 어떤 상황에도 자존감을 갖고 행동하는 일. 내 아이가 청소년이 되고 성인이 되었을 때 무엇보다 바라는 일이다.

상대에게 부담을 주지 않는 사람

한 독자께서 "어떤 엄마가 되고 싶은지?"라고 물었다. 마음속에 준비된 대답은 '독립적인 엄마'였는데 기대하는 답변이 아닐까 봐 망설여졌다. 이래 저래 다른 이야기를 보태다 결국은 말했다. "독립적인 엄마가 되고 싶어요. 하고 싶은 일이 있는 엄마가 되고 싶어요. '엄마는 참 재밌게 산다'라는 말을 자식에게서 듣고 싶어요."

오래 살고 싶은 욕망은 별로 없지만 밥벌이를 오랫동안 하고 싶다는 욕망은 크다. 15년 이상 국민연금을 냈으니 노년이 되면 쥐꼬리만 한 연금은 나오겠지만, 최소 100만 원은 스스로 버는 노인이 되고 싶다.

2017년 겨울, 여성학자 박혜란을 인터뷰했을 때 가장 기억에 남는 이야기는 "아들이 내 일에 돈을 쓰는 거. 본능적으로 마음에 걸린다"라는 말이었다. 박혜란은 "자식들이 잘 살아주면 얼마나 고맙나? 그러다 부모에게 호의를 베풀면 과분한 일"이라고 말했다. 나에겐 너무나 낯설고 새로운 말이었다.

"우리 자식이 이걸 사줬어요. 제가 바라지도 않았는데."
"아니, 우리 자식이 글쎄 해외여행을 보내준다고 하지 뭐예요?"
"아이고, 괜찮다는데 자꾸만 용돈을 보내주네요. 하하하."

보통의 부모가 자식을 두고 하고 싶어 하는 자랑의 말들이다. 하지만 미래의 나는 하고 싶지 않은 말들이다. 아직 초등학생인 아이를 생각하며 '효도 받고 싶은 욕망 버리기' 연습을 한다. 아이가 비혼주의자가 되지 않는다면 결혼을 하겠지? 딩크족이 아니라면 아빠가 될 수도 있겠지? 어쩌면 홀로 씩씩하게 1인 가구로 살 수도 있겠지? 그러다 자신도

늙어가며 서서히 나이 든 부모를 걱정하겠지?

자식이 자주 찾아오지 않아도 심심하지 않은 노년을 보내고 싶다. "우리 엄마 아빠는 둘이서 너무 잘 노셔서 저는 걱정이 별로 없어요. 저희 가족이나 잘 먹고 잘 살라고 하시던데요?"라는 말을 자식에게서 듣고 싶다. 그리고 가끔 내가 일해서 번 돈으로 좋은 음악이 나오는 식당에서 자식에게 맛있는 밥을 사주고 싶다.

이유를 아는 사람

책을 쓰고 들었던 가장 충격적인 리뷰는 엄마의 말이었다. "야, 너랑 일하는 사람 힘들어서 어떡하니?"(내가 해석한 엄마의 속마음: 이렇게 따지는 것이 많으니, 상대가 너를 대하기 어렵겠다) 하하하하! 나는 정말 이렇게 웃었다. 어떤 맥락에서 나온 말인지를 알기에 수긍하는 한편, 동의할 수 없기도 했다. "엄마, 나 일 잘하고 정직하고 성실하고 권위적이지 않은 사람들한테는 잘해. 나를 불편해하는 사람들은 이유가 있는 거야. 내가 그들을 편치 않게 대하는 것처럼."

이유 없이 누군가를 싫어하거나 좋아하지 않는다. 내가 사적으로 품은 감정 때문에 타인을 저평가하려 하지 않는다. 동의하지 않는 말들은 전하지 않으려고 노력한다. 엄청나게 힘든 일이지만 자존심을 지키고 싶다.

사람들은 자주 말한다. "걔는 그냥 이유 없이 좀 밉더라." 정말 이유가 없을까? 나에게 상처 주는 말을 한 적이 있기 때문이 아닐까? 은근히 자기 자랑을 많이 하는 사람이라서? 좀처럼 양보를 안 하는 사람이라서? 시간 약속을 전혀 지키지 않기 때문에? 이유가 하나도 없을 수 없다.

이경미 감독의 영화 〈미쓰 홍당무〉에는 명대사가 나온다. 주인공 양미숙(공효진 분)이 삽질을 하면서 하는 말. "모든 행동에는 이유가 있잖아요. 선생님." 정답이다. 모든 행동에도 이유가 있고 모든 마음에도 이유가 있다. 이유를 알면 나를 이해할 수 있고, 그도 이해할 수 있다.

자발적인 사람

　얼마 전 추천사를 쓴 『행복 공부』에 나오는 이야기. "심리학에서 행복의 결정요인에 관한 실증연구를 종합하면 이런 공식이 완성된다. 지속적인 행복 = 유전자 50퍼센트, 환경 10퍼센트, 자발적 행동 40퍼센트." 행복을 느끼고 갖는 일에 유전자의 영향이 50퍼센트인 것은 충격적이나 환경보다 자발적 행동이 네 배나 높다는 것은 매우 희망적이다. 그래서 나는 행복을 성취하기 위해 노력하고 또 애를 쓰는 사람을 존경하고 좋아하고 응원한다.

추천하는 사람

추천사에 관한 짧은 글을 썼다가 편집자 몇 분으로부터 살짝 서운했다는 말을 들은 적이 있다. 추천사를 너무 자주 쓰는 저자들의 글이 독자 입장에서는 조금 반갑지 않다는 내용이었다. 이 책에도 저 책에도 긴 상찬을 아낌없이 쏟아내는 저자들을 보면서 '어, 이 정도는 아니지 않나?' 반문하고 싶은 적이 많았다. 누군가 지금도 생각이 같냐고 묻는다면, 생각이 조금 달라졌다고 할 것이다. 몇 차례 추천사를 쓰면서 수락하는 마음을 이해하게 됐기 때문이다.

뮤지션 요조가 『만지고 싶은 기분』에서 썼듯이 "그것은 나의 영광"이기도 하거니와 "이 한 권의 책이 어떻게 만들어졌을까를 곰곰 생각하면 (…) 저자의 고민과 성찰, 기쁨과 슬픔, 확신과 불안, 그 무지개 같은 마음들, 그리고 그것을 최선의 모습으로 받아 책이라는 물성으로 담아내는 편집자와 디자이너의 헌신"을 떠올릴 수밖에 없다. 한 편집자는 최종교를 마칠 무렵 추천사 승낙 메일을 받으면 "이 책을 응원하는 든든한 지원군이 생기는 것 같아 기쁘다"라고 했다. 예전에는 미처 몰랐던 마음이었는데 여러 명에게 추천사를 받는 이유를 알 것 같았다.

언젠가 한 작가에게 추천사를 쓰는 기준을 물어봤다. 그는 "청탁이 너무 많이 오는데, 이 사람은 내가 거절하면 더 이상 요청할 데가 없을 것 같을 때 거절하지 못한다"라고 했다(물론 글이 좋다는 전제하에서). 이후 버릇이 하나 생겼다. 무명의 작가가 첫 책을 펴낼 때 추천사가 있으면 유심히 읽어보는 일이다.

의외의 출판사로부터 추천사 청탁이 와서 메일을 꼼꼼하게 읽었다. 이 책의 저자와 나는 아무런 인연이 없는데 어떻게 이 글이 나에게 왔을까. 찬찬히 원고를 읽어보니 내가 평소 자주 하던 말들이 책 곳곳에서 눈에 띄었다. 내 오랜 관심사를 이 책의 편집자는 알고 있었구나 싶어 반갑고 고마웠다.

늦지 않게 원고를 보내겠다며 회신 메일을 쓰며,

추천할 수 있는 기회가 내게 주어진다는 일이 얼마

나 찬연한 일인가 생각했다.

흘려보내는 사람

　나와 친해지는 사람들을 보면서 그들의 특성을 살피곤 한다. 약속 시간을 지키는 데 강박적인 친구, 뭔가를 받으면 꼭 보답하는 친구, 우울한 사람이 있으면 곁을 내주려고 노력하는 친구, 지난한 고통의 시간을 보내면서도 일말의 희망을 찾는 친구, 타인의 힘듦을 먼저 보는 친구, 가족애가 투철한 친구, 무례한 행동을 절대 못 참는 친구, 권위적인 사람 앞에서는 '썩소'를 감추지 못하는 친구 등. 나와 닮은 구석이 많아서 친해지기도 하고 비슷한 구석이라고는 좀처럼 찾아볼 수 없는데도 불구하고 절친이 되기도 한다.

　후배 Y와 나는 절반은 비슷하고 절반은 정반대다. 처음 후배를 알게 됐을 때는 나와 무척 다른 성격을 지녔다고 생각했는데, 친해질수록 닮은 구석이 많았다. 사람들의 눈치를 많이 살피는 버릇, 모임에서 소외된 사람이 보이면 어떻게든 말을 걸고야 마는 성격이 똑 닮았다.

Y는 종종 나에게 긴 메일을 보내곤 한다. 직장에서 곤란한 문제가 터지면 거의 보고서 수준으로 사건을 정리해 조언을 구한다. A라는 선택과 B라는 선택지 중에 선배라면 어떤 것을 고를 거냐며 질문할 때도 있다. 후배는 나에게 뾰족한 답을 기대하지 않는다. 다만 메일을 쓰다 보면 자신이 겪고 있는 일들이 좀 더 객관적으로 보인다고 했다. 가끔은 메일을 쓰다가 문제가 해결되는 경우가 있어 '내게 쓰기'로 메일의 수신자를 바꾸기도 한다며 멋쩍게 웃곤 한다. Y의 메일을 받으면 나는 가정을 시작한다. '내가 만약 Y라면 어떻게 말했을까, 어떻게 행동했을까' 우리는 닮은 듯 다른 사람이라서 똑같이 반응하지는 않았겠지만, 최선의 답을 주려고 애쓴다.

오늘 도착한 Y의 메일은 회사 사람들과 얽힌 고민이었다. 일적인 문제라면 좀 더 확실한 의견을 말해줬을 텐데 관계 문제는 나도 늘 버거웠다. Y는 새로운 사람을 알게 되면 있는 힘껏 애정을 쏟아붓는 스타일이다. 상처를 받더라도 일단 마음을 주는 편이라 노심초사하며 지켜보곤 하는데, 입사한 지 얼마 되지 않은 후배한테 뒤통수를 크게 맞았다. 우연히 자신을 두고 험담을 하는 걸 듣게 된 것이었다. 더 충격인 것은 현장을 들켰음에도 그 후배가 조금도 놀라지 않고 변명도 하지 않았다는 것. Y는 후배에게 진심이었기에 상처가 더 컸다.

매일 회사에서 마주치니 얼굴을 붉힐 수도 없고 그렇다고 아무 일도 없었던 것처럼 대할 수도 없었다. Y는 팀을 옮겨서라도 후배를 보고 싶지 않다고 했지만, 이런 일로 부서를 바꿀 수 없다는 건 Y도 잘 알고 있었다. "너에겐 더 좋은 사람들이 많지 않냐"라고 다독였지만 Y는 관계로부터 얻는 힘이 인생에 매우 중요한 사람이었다.

시간이 더 지나야 상처가 아물겠지만 Y에게 도움이 되는 말을 해주고 싶었다. 그간 써왔던 인터뷰기사를 샅샅이 읽다가 오은영 박사가 해준 이야기가 눈에 들어왔다.

"어려운 문제인데요. 저는 그냥 단계별로 생각했으면 좋겠어요. 아주 강력한 애착을 형성하고 살아야 하는 사람과 약간 친한 사람, 그냥 알고 지내는 사람들을 조금 구분하면 좋을 것 같아요. 영어로 말하면 'the other'인 사람과 겪는 갈등은 좀 흘려보내도 된다고 생각해요. 물이 위에서 아래로 흐르잖아요. 흐르는 물을 막으려고 물을 잡는다고 해서 잡아지지가 않아요. 그냥 흘려보내도 당신이 진 게 아니라는 이야기를 해주고 싶어요. 길을 지나가는데 어떤 아저씨가 내 어깨를 딱 부딪혔어요. 되게 아프지만 의도가 없을 때, 굳이 그 아저씨를 불러 세우지 않았으면 좋겠어요. 큰 부상이 아니면 흘려보내는 게 좋아요. 그렇지 않으면 악연이 생겨요."

인터뷰하며 내내 공감했던 이야기. 그 후배가 the other라면 흘려보내라는 말을 Y에게 해주고 싶었다. 얼마 후 Y는 후배로부터 사과 메일을 받았다.

모든 사람이 내 마음 같을 수 없고, 그러길 바라서도 안 되는 것이 타인의 마음. 너무나 소중한 사람이라면 노력해야겠지만 the other인 사람은 조금 흘려보내는 태도가 나에게도 필요한 요즘이다.

잘 살고 싶은 마음이 들게 하는 사람

오랜만에 몰입해서 책을 읽었다. 누군가 "책은 원래 몰입해서 읽는 것 아닌가요?"라고 묻는다면 "몰입도 단독자의 시간이 많이 확보된 사람에게나 가능하다"라고 답하고 싶다. 일주일에 3일은 눈이 침침하다. 안구건조증 때문에 인공눈물을 달고 살아도 책을 한 시간쯤 읽으면 눈이 뻑뻑해진다. '내가 요즘 너무 안 울었나? 울면 그래도 뻑뻑한 눈이 조금 부드러워지는데.' 요즘 너무 눈을 부릅뜨고 세상과 사람을 마주한 건 아닌지 잠깐 반성한다.

회사 컴퓨터 속도가 조금 더 빠르다면, 키보드 소음이 조금 덜하다면 나는 일을 더 빨리, 효율적으로 할 수 있을 텐데. 이런 생각을 하다가도 '그럼 내가 너무 나만 생각하지 않겠어? 내 속도에 맞추라고 타인을 닦달하지 않겠어?' 생각한다. 무척 느린 컴퓨터 사양, 버벅거리는 키보드가 잠깐 고마워진다.

　시인 서한영교가 쓴『두 번째 페미니스트』를 읽었다. 보름 동안 이 책을 품고 읽었다. 회사에서 잠깐, 퇴근길에 잠깐, 그리고 집에서 아이를 돌보다 잠깐. 그렇게 틈틈이 읽다가 지난 주말 완독했다. 눈물을 쏟아야 하는 책을 나는 싫어한다. 울컥하게 만드는 책은 더 싫다. 그냥 담담히 말하는 책, 산뜻한 책이 좋다.『두 번째 페미니스트』는 강렬한 표지와 달리 매우 따뜻하고 경쾌한 책이었다. 그리고 너무나 멋지고 문학적인 문장들이 우수수 떨어져서, 손을 벌리기 바빴다. 마치 낙엽 비를 맞은 기분이었다.

　'이 좋은 책을 혼자 읽을 순 없잖아' 싶어 출근길에 짧은 리뷰를 SNS에 올렸다. 그리고 〈책읽아웃〉에도 소개하고 싶어서 팟캐스트를 녹음하는 날 가져갔다. 한 책을 너무 많은 곳에 소개하는 게 아닐까 잠시 머뭇거렸지만 「담요 농사」라는 글에 나온 한 문장, "나 있지, 더 잘 살고 싶어져"를 읽고 나니 가만히 있을 수 없었다.

눈이 멀어가는 아내와 결혼한 서한영교는 아내가 아이를 품은 10개월 동안 목화솜을 직접 재배하고 손물레를 만들어 실을 자아 아이 담요를 만들었다. 딱 10개월이 걸렸다. 아이가 엄마 배 속에서 자라고 있을 때, 아빠는 목화씨를 심고 가꾸어 솜을 만들고 실을 만들고 담요를 만들었다. 그리고 담요가 완성된 날, 아내에게 말한다. "나 있지, 더 잘 살고 싶어져."

며칠 전 후배가 물었다. "선배, 도대체 어떤 사람을 만나야 해요?"(사회가 말하는 결혼 적령기에 돌입한 후배는 한 달에 한 번씩 소개팅을 하고, 데이팅 앱도 적극 활용하고 있었다.) 나는 답했다. "만나면 만날수록 더 잘 살고 싶은 마음을 주는 사람. 그런 사람 만나."

섣부른 말을 하지 않는 사람

　트위터를 안 하려고 노력했는데, 슬슬 다시 시작했다. 〈책읽아웃〉 청취자들의 리뷰를 찾아보다가, 하트를 누르다가, 리트윗을 하다가, 불쑥불쑥 글을 남기고 싶은 마음을 참고 참다가, 아주 가끔 몇 문장을 남긴다. 청취자 몇 분과도 '트친'이 됐다. 나는 주로 하트만 누르지만 간혹 움직이는 이미지로 답글을 달기도 한다.

　며칠간 '우아한 척하는 사람, 정말 별로'라는 생각을 자주 했다. 누군가에게는 너무 황당하고 불쾌한 상황인데, 자신에게는 큰 여파가 없다고 생각해서인지, 시종일관 무미건조한 말투로 사건을 판단하는 사람을 지켜보며 정이 뚝 떨어졌다. 다행히 업무를 같이 하는 사람은 아니었지만, 내 눈앞에 자꾸 왔다 갔다 하면 괜스레 불쾌했다.

153

트위터를 하던 중 재밌는 글을 발견했다. 〈책읽아웃〉 청취자인 트친의 트윗이었다.

나는 왜 이렇게 감정 없이 조곤조곤한 말투가 싫을까.
RE: 저의 로망인데요. 노력해도 안 돼요.

아, 되지 마세요. 제가 싫어해요.
RE: 네, 그럼 안 되죠. 실은 이십대 초반엔 또 아주 샤프하고 쌩~한 사람이고 싶었던 적이 있어요. 당연히 실패했어요.

두 사람의 대화에 하트를 꾹 누르고, 말을 보탰다. "○○님, 안 그런 분이라서 좋거든요." 몇 번의 대화가 이어졌고 나는 답했다. "전 뭐든지 대수롭지 않게, 지나치게 평정심을 유지하면 맘이 안 가요. 부족한 모습도 보이고 좀 그러는 거지. 너무 딴딴한 사람이 힘들더라고요."
그렇게 우리의 대화는 끝이 났다. 트위터라는 건

대개 그렇지 않나? 짧은 대화 몇 번 나누고, 이미지 몇 개 달면서 끝! 그런데 몇 시간 뒤 모르는 분께서 댓글을 달았다. 어쩌면 그 평정심을 갖기 위해 참는 법을 훈련했을지도 모른다고, 그렇게 함으로써 그동안 가슴 아픈 일들을 견뎌냈을 수도 있다는 이야기가 적혀 있었다. 그리고 "무례한 듯하지만 한번 남겨봅니다"라는 끝인사도 있었다.

너무나 정중하고 따뜻한 문장. 우리 셋은 이 글에 '하트'를 꾸욱 눌렀지만 댓글은 달지 않았다.

그렇게 또 며칠이 지났다. 내 눈에는 여전히 몹시 우아한 척하고 일 잘하는 척하는 사람이 보인다. '왜 저렇게 일하지? 왜 저렇게 말하지? 왜 저렇게 오버액션하지?' 생각하면서 동시에 질문해본다('어쩌면 강해 보여야 생존할 수 있다고 생각하는지도 몰라. 약한 모습을 절대 보이지 않아야 할 사연이 있을지도 몰라').

"무례한 듯하지만 한번 남겨봅니다." 이 문장을 처음 읽었을 때, 살짝 언짢았다. '~한 듯'이란, 대개 '듯'이 아니고 팩트일 때가 많은데, 굳이 저런 말을 하실 건 뭐람, 하고 생각했다. '우리가 그걸 모르는 사람인가? 우리 역시, 조곤조곤한 말투를 싫어하게 된 사연이 있지 않겠나? 우리에겐 상처가 없을까? 왜 항상 타인의 상처와 서사를 먼저 생각해야 하지?'

사소한 트윗에서 시작된 여러 단상을 정리하던 중, 시인 김현의 산문집 『어른이라는 뜻밖의 일』을 읽었다. 109쪽에 나온 문장이 눈에 밟혔다. "섣부를 때 위로는 슬픔에 걸려 넘어진다. 나는 타인의 슬픔에 관해선 아직 앎이 짧은 사람이다."

트위터를 많이 하지 않으려고 노력하는 이유 중 하나는 '섣부른' 이야기를 하고 싶지 않아서다. 나의 정당성을 인정받고 싶은 엄청난 욕망을 자제하기 위해 글을 썼다 지우고 또 지운다. 가끔은 억울하다. 이렇게까지 조심해야 하나? 실수 좀 하면 어때? 나도 상처받았는데 왜 타인의 상처만 먼저 고려해야 해? 끙!

갈팡질팡하는 마음을 툭툭 건드리다가 책장에 꽂힌 책을 봤다. 고故 황현산 문학평론가의 『내가 모르는 것이 참 많다』. 제목이 너무 좋아 끌리듯 읽은 트윗 모음집이다. 순간 머리카락이 바짝 섰다. Don't even think you know! Don't think you know everything!(알지도 못하면서! 네가 다 안다고 생각하지 마!) 내가 그렇게 자주 되뇐 말이 아니었던가.

입술이 간질간질할 때마다, 손이 근질근질할 때마다 꾹 참아보련다. 섣부른 말이 누군가에게는 큰 상처가 될지 모르니, 그것은 꽤 오랫동안 잊히지 않는 일이 될 수 있으니. 오늘도 내게 상처 준 사람을 맞닥뜨리며 '그 사람의 의도와 마음을 다 안다고 여기지 말아야지' 생각해야겠다.

섣불리 반응하지 않는 사람

메일로 의사 표현을 자주 하는 편이다. 카톡이나 문자는 답장을 내내 기다리게 되고, 전화 통화는 상대를 당황스럽게 할 수도 있으니까. 되도록 신중하게 말을 고를 수 있고 수신확인까지의 시간을 확보할 수 있는 메일을 선호한다.

때때로 같은 내용의 메일을 두 명, 혹은 그 이상의 사람에게 보낼 때가 있는데 답장이 오는 속도, 습관적으로 사용하는 문장의 패턴 등을 살펴보면서 상대방의 성격을 짐작하기도 한다. 어제는 나로서는 굉장히 숙고한 메일을 세 사람에게 보냈다. 역시나 늘 빠르게 메일을 확인하는 수신자로부터 가장 먼저 메일이 왔는데 무척 상처가 됐다. 어렵게 쓴 메일이었고 내 의중을 파악하려면 어느 정도 시간이 필요했을 텐데, 마치 예상했다는 듯 수신자는 매우 빠르게, 깔끔하고 단정한 답장을 보내왔다. 오해하지 않으려고 메일을 여러 번 읽고 상대의 성격을 고려하여 문맥을 이해하려고 했으나 실패했다. 그는 내가 각별히 신뢰했던 사람이었다. 그간 우리 사이에는 작은 에피소드가 있었지만 나는 그에게 서운한 마음을 내색한 적이 없었다.

내 마음이 변해서일까. 언젠가부터 그와 이야기하는 일이 불편해졌다. 그는 언제나 자신의 마음을 전하는 일에 주저하지 않았는데 이야기를 들어보면 결국 내 마음을 위로하는 것보다 나를 위로하고 싶은 자신을 드러내는 일이 더 중해 보였다. "나는 이런 사람이에요"를 주장하는 문장을 항상 빼놓지 않는 그를 보면서 "이 메일을 쓰는 당신의 목적은 무엇인가요?"를 몇 번이고 물어보고 싶은 충동을 느꼈다.

힘든 일이 생길 때마다 SOS를 보내는 선배가 있다. 일로 알게 된 사이지만 우리는 성격이 많이 닮았다. 1년에 두어 번 연락하는 사이지만 그에게 고민을 털어놓을 때 나는 거리낌이 없다. 그리고 그는 언제나 내 마음의 핵심을 간파한다. "이미 알고 있겠지만"이라는 말로 시작되는 그의 조언을 붙들고 몇 달을 버티기도 했다. 그는 "제 말은 답이 아니고 그냥 경험담이에요. 답이 없어요"라고 말했지만 나는 그의 말에서 답을 찾기도 했다. "하고 싶은 말 있으면, 언제든 연락하세요. 답은 못 줘도 들어줄 순 있어요. 잘 들어줄게요"라는 말로부터 위로의 정석을 배우기도 했다.

이 글을 쓰고 있는 사이, 두 번째 답장이 왔다. 후배에게 보여줬더니 "저라면 울었을 것 같은데요"라고 말했다. 울진 않았지만 눈시울이 잠깐 붉어졌다. 이 두 답장의 온도 차이는 무얼까. 핵심은 섣불리 상대의 마음을 안다고 말하지 않은 것, 그리고 이야기의 중심에 누가 있느냐였다. 첫 번째 답장을 다시 읽었다. 모든 문장의 주어는 '나(그)'였고, 그는 내 어려움을 이해한다는 문장도 자신의 입장에서 종결했다.

상대가 어려운 이야기를 꺼냈을 때는 섣불리 반응하지 않는 것이 좋다. 그것이 지난하게 고민할 수밖에 없었던 상대의 시간에 대한 예의다. 물론

1분 1초라도 빠르게 답장해야 할 때가 있다. 발신자가 응급 신호를 보내올 때는 고르고 고른 말보다 재빠른 응답이 더 옳은 선택일 때도 있다. 가장 중요한 것은 타인의 입장을 먼저 생각해보는 일, 내 마음보다 상대의 마음을 헤아려 상대의 속도에 맞추는 일이다.

쓸모를 따지지 않는 사람

"선배, 지금부터 진짜 관계가 시작되는 거예요."

평소 내가 자주 하던 말을 후배에게 들었다. 아뿔싸, 그간 나는 이 진실을 적당히 무시하며 지냈다. 관계에 죽고 못 사는 나이도 지난 것 같아서. 나보다 열다섯 살 많은 선배에게 관계에 관해 질문했을 때 그는 말했다. "나이가 들면 더 서운해져요. 별것도 아닌 것에 화도 잘 나고. (웃음)" 오십대, 육십대가 되면 조금 더 관대한 사람이 될 수 있을 거라 예상했던 내게 날벼락을 내리다니! 나이를 먹는 일에 점점 자신이 없어진다.

쓸모 있는 사람이 되고 싶었다. 언제 어디서나 꼭 필요한 존재, 누군가에게 도움을 줄 수 있는 능력을 지닌 사람. 그래야만 인정받을 수 있을 것 같았다. 내게 어떤 결정 권한이 있을 때에만 유독 친한 척하던 사람들은, 관계를 맺고 끊는 것도 항시 간편했다. 필요할 땐 찾다가 필요가 끝났을 때는 우리가 언제 친했냐며 무신경했다.

몇 달 동안 부탁하는 사람의 입장으로 하루하루를 보냈다. 상대에게 도움이 되지 않는 일을 제안하는 걸 몹시 꺼리는 나는 여러 번 주저하다 인터뷰 기획에 참여해주기를 요청하는 메일을 썼다. 너무나 흔쾌히 제안을 수락한 사람들이 대다수였지만, 의외의 인물에게 거절을 받았다. 100퍼센트 수락하리라 생각했던 사람이라 조금 놀랐다. 당연히 거절할 수 있는 일인데 왜 확신했지? 그에게도 괜찮은 제안일 거라고 생각한 나의 착각을 되짚어보며, 답장을 썼다. '너무나 괜찮다'고. (안 괜찮은데.)

오랜만에 거절을 받아서인지 후유증이 꽤 오래갔다. 하기야, 그 사람은 지금 매우 상승세를 타고 있으니 내 제안이 우선순위에서 밀렸겠지. 그래도 그렇지, 나한테 도움받은 적이 한두 번인가? 아뿔싸, 이런 생각! 내가 가장 경계하는 것 아닌가? 마음을 추스르고 다짐했다. 쓸모를 따지지 말자!

언제 어떻게 관계가 달라질지 모른다. 부탁하는 입장이 될 수도 있고, 부탁받는 상황이 펼쳐질지도 모른다. 다만 바라는 것은 쓸모로 사람을 대하지 않는 일, 내가 쓸모가 있을 때는 기꺼이 돕고 쓸모의 유무로 관계를 이어가지 않는 태도를 간직하는 것이다.

슬픔도 읽는 사람

　과거 싸이월드를 사랑했던 나는 페이스북, 트위터, 인스타그램까지 SNS 3종 세트를 모두 하고 있다. 가장 오랫동안 사용한 것은 페이스북. 오랜 친구, 실물을 아는 지인, 일하며 만난 사람들 500여 명과 친구 사이다. 책을 읽다가 좋았던 문장을 기록하기도 하고, 아이 사진을 올리기도 한다. 사진을 올리는 이유는 오직 아카이브. 훗날 페이스북이 알려주는 5년 전 오늘, 3년 전 오늘의 사진을 보면서 추억을 만끽하고 싶기 때문이다. 화가 날 때 주로 이용하는 SNS이기도 하다. 속마음을 600자 남짓으로 정리하다 보면 화가 좀 풀린다.

　트위터는 가장 덜 이용하는 SNS다. 140자로 글을 정리할 자신도 없거니와 맥락을 충분히 쓰지 못하고 공개되는 단문의 위험성, 익명성, 즉흥성이 무섭다. 트위터는 보통 홍보 목적으로 이용한다.

추천하는 기사를 리트윗 하는 정도. 현재는 비공개 계정으로 운영하는데 열심히 사용하고 싶은 마음을 자제하고 있다. 인스타그램은 보다 행복한 기억을 텍스트보다는 사진으로 남기고 싶을 때 사용한다. 페이스북과 트위터를 사용하는 목적과는 완전히 다르다.

철저히 쓰임새가 다른 세 개의 SNS. 간혹 하나의 모습으로만 내가 읽히지 않을까 걱정될 때가 있다. 워킹맘의 고충, 불확실한 미래에서 오는 불안, 아이를 더 살뜰히 챙기지 못하는 아쉬움, 가족의 건강 문제 등 내가 품고 있는 걱정거리는 24시간 머릿속을 둥둥 떠다니는데, 가끔 찾아오는 즐거움의 흔적만 읽고서 나를 엄청 행복한 사람으로 여기진 않을까? 전혀 그렇지 않은데!

만날 때마다 흠씬 유쾌한 모습을 보이는 친구가 있다. 어쩜 3년 내내 같을까. 타인에게 불필요한 감정노동을 시키지 않으려는 애씀이 공기처럼 느껴지는 사람이다. 그를 아는 한 지인은 내게 물었었다. "어떻게 이렇게 한결같아요?" 어떤 대답을 할까 고민하다가 그가 연재하는 일간지 칼럼 링크를 보내줬다.

"내가 읽는 그의 모습은 이 글과 가장 비슷해."

그는 자신이 한 말을 항상 곱씹어 생각하고 상대에게 상처주지 않으려고 노력한다. 누군가 손 내밀면 꼭 잡아주는 사람, 밝고 낙천적인 인상이지만 타인의 슬픔을 지나치지 않고 어떻게든 위로의 표현을 전하는 사람이다.

2022년 봄, 여름은 내 인생에서 가장 힘든 계절이었다. 이틀에 한 번꼴로 새벽에 일어나 일기를 써야만 마음이 풀렸다. 박연준 시인의 산문집 『인생은 이상하게 흐른다』에 나오는 문장, "누군가의 슬픔을 알면, 정말 알면, 무엇도 쉬이 질투하게 되지 않는 법이니까. 어려운 형편은 모르고, '좋아 보이는' 면만 어설프게 알 때 질투가 생긴다. 우리는 그저 서로를 애틋해했다"를 여러 번 읽으며 깊은 위로를 얻었다.

매일 웃는 사람이라고 해서 슬픔이 없지는 않다. 슬픔을 희석해 글로 표현하고 웃음으로 만드는 재

주가 뛰어날 뿐. 쓸까 말까 고민했던 글을 '친구 공
개'로 올렸다. 내 슬픔을 읽어줄 사람들을 신뢰하
면서.

마음을 보태는 데 주저함이 없는 사람

몇 년 전, 연말 특집 기사를 만들던 때는 파란만장했다. 80명의 출판인, 작가, 독자 들로부터 메일을 받았다. 10년 후 아니면 20년 후, 이때 받은 편지들을 독립출판물로 만들어보면 어떨까 진지하게 생각해본 적도 있다. 난 출판업에 종사하는 사람도 아니고 책 언저리에서 일하는 사람일 뿐이지만, '책 만드는 사람들은 정말 다르구나' 절감했던 시간이었다. 힘든 일이 생길 때마다 그때의 메일함을 열어본다. 심장이 뜨거워진다.

너무 당연해서 어쩌면 깊이 생각조차 해보지 않았던 건지도 모르겠어요. 그만큼 귀한 사람이니까 그만큼 귀한 자리에서 일하게 했겠지! 책은 사람이 짓는 집이니까, 사람은 사랑과 이해로 지어가는 집이니까, 사람과 사람으로 아름답게 대화

하며 말이 되는 환경 속에서 아주 자연스럽게 관
계를 맺어오고 빚어왔겠지 믿었던 것 같아요.

From. M

　메일을 보내준 사람들은 자신이 쓴 내용을 잊었
을지 모른다. 하지만 나는 메일을 보내준 모든 이
의 이름을 기억한다. 그들이 내게 손 내밀 때 꼭 도
움을 주고 싶다.

　분명히 구별되곤 한다. 힘들 때 더 옆에 있는 사
람과 내가 힘이 있을 때 옆에 있는 사람. 언제라도
함께하는 사람도 있지만 극히 소수다. 당연한 이치
일까 싶지만, 큰 사건이 내 앞에 펼쳐질 때 사람들
의 진면목이 보이기도 한다.

　정말 귀하다고 생각하는 마음들이 있다. 나에게
어떠한 호의를 받지 않았음에도 불구하고 힘들 때
먼저 찾아와주는 사람. 도움을 줬지만 어떠한 보상
이나 반응을 기대하지 않는 사람. 자신이 도와줄
수 있다는 것 자체만으로 기뻐하는 사람. 내가 되
고 싶은 사람이기도 하다.

질문하는 사람

"여러 번 고민했잖아. 그런데도 확신이 안 서면 그땐 누군가에게 물어봐! 사람들이 질문하는 거 되게 힘들어하지? 그런데 누가 나에게 물어보면 되게 좋아한다? 너는 안 그래?"

많은 사람이 착각한다. 질문을 하면 상대가 부담스러워할 거라고. '질문하는 사람'으로 열다섯 해 동안 밥을 지어 먹을 화폐를 획득한 내가 보장한다. 사람들은 누구나 관심받길 원하고, 은근히 참견당하길 바라고, 타인에게 도움되는 행동을 했을 때 큰 만족감을 느낀다.

가장 답답한 사회 초년생이 '무조건' 스스로 해결하려고 하는 사람이다. '선배에게 이런 걸 물어도 될까?' '하찮은 질문이라고 무시당하는 거 아냐?'라고 망설이지만 무시하는 사람이 나쁜 사람이다. 질문에 허투루 답하는 사람이 못된 사람이다. 질문하는 사람은 세상에 필요한 귀한 사람이다.

이십대 때 잠깐 몸을 담았던 단체에서 대하소설을 쓰는 작가를 초빙해 강연을 연 적이 있다. 첫 질문의 포문을 당찬 신입생이 열었다. 작가의 답은? "어이, 내 소설 다 읽고 질문해"였다. 당연한 적막이 흘렀다. 두 번째 질문이 나올 수 있었을까? 감히 아무도 손을 들지 못했다. 내 생애 최악의 작가로 등극한 그를 몇 년 후 다른 현장에서 마주친 일이 있었는데, 조금도 달라진 모습이 없어 조용히 마음속에서 지워버렸다.

"질문이 형편없었던 거 아닌가요?"라고 묻는다면 "형편없는 질문이라는 게 있을까요?"라고 반문하고 싶다. 상대를 깎아내리기 위한 허무맹랑한 이야기가 아니라면, 질문은 하는 사람에게도 받는 사람에게도 성장할 수 있는 기회다.

충분히 사과하는 사람

키보드를 부숴버리고 싶은 메일을 받았다. 본문의 30퍼센트가량이 'ㅜㅜ'로 시작해 'ㅜㅠ'로 끝나는 메일을 읽으며, 나는 깊은 한숨을 쉴 수밖에 없었다. 왜 '쿨한' 사과는 어려운가. 매번 약속을 지키지 않은 건 당신인데, 왜 당신의 곤혹과 불편한 마음을 고스란히 나에게 전가하는가. 열 줄 끝에 나오는 'ㅜㅜ' 하나 정도는 이해하지만, 매사 'ㅜㅠ'를 붙이는 사람은 프로답지 못하다.

출판인 임윤희가 쓴 『도서관 여행하는 법』을 무척 흥미롭게 읽었다. 저자의 필력은 익히 알고 있었지만 '도서관 이야기가 이렇게까지 재밌을 일인가?' 싶어 기분 좋게 놀랐다. "앎의 세계에 진입하는 모두를 위한 응원과 환대의 시스템"이라는 심오한 카피가 책 표지에 쓰여 있지만, 나는 그보다 먼저 저자가 책과 도서관, 사람을 대하는 태도에 반했다.

도서관 덕후인 저자는 「도서 신청, 함부로 하면 큰일 난다?」라는 꼭지에서 동네 도서관 홈페이지를 통해 "누군가 마음만 먹는다면 내가 신청한 희망 도서의 목록도 볼 수 있"다는 사실을 알게 된다. 그리고 친구의 이름으로 희망 도서 목록을 검색해본다. 이윽고 화면에 뜬 친구의 희망 도서들. 저자는 조금 망설이다가 도서관 홈페이지에 글을 올린다.

"현재 도서관 홈페이지에서 희망 도서를 신청하면 신청자의 이름이 모두 공개되고 있습니다. 희망 도서를 신청할 때 다른 사람이 이미 신청한 책인지 확인해보는 용도로 책 제목을 검색해볼 순 있겠지만, 신청자의 이름은 개인 정보이므로 공개되지 않는 게 맞을 듯합니다. 이에 대한 도서관의 생각을 들어보고 싶습니다."

와, 역시 생각은 행동으로 곧장 옮겨야 한다. 과연 저자는 해당 도서관 담당자로부터 피드백을 받았을까?

"며칠이 지나지 않아 도서관 측의 답변을 받았다. 이 사안에 대해 세심하게 고민하지 못해 죄송하다는 사과와 함께, 홈페이지 시스템을 바꿔 희망 도서 신청자의 이름이 보이지 않게 하겠다고 하셨다. 그즈음 도서관에서 만난 사서 선생님은 이 문제를 공론화할 수 있도록 홈페이지에 글을 올려줘서 고맙다는 인사까지 하셨다. 아무런 토도 달지 않은 '쿨한' 사과는 정말 오랜만이었다."

얼마 전, 내가 받은 두 통의 사과 메일을 비교해 보았다. 약속을 지키지 않아 미안하지만 자신에겐 이런저런 사정이 있었다며 모든 문장에 'ㅠㅠ'를 단 사람과 "약속을 지키지 않아 미안합니다. 다음부터는 지키도록 하겠습니다. 양해를 구합니다"라고 심플하게 사과한 사람. 후자의 메일만 진짜 사과로 느껴졌다.

'언제나' 약속을 지키는 사람이 있고, '언제나' 약속을 지키지 않는 사람이 있다. 기질, 성격, 상황 탓은 그만했으면 좋겠다. 당신은 약속을 잘 지키는 사람들 덕분에 살고 있다고, 무임승차를 하고 있다

고 말해주고 싶다. 진짜 미안한 마음이 있다면, 토
달지 말고 쿨하게 사과했으면 좋겠다. 당신이 프로
라면 말이다.

처사를 잘하는 사람

마음이 답답하다. 한 타인으로부터 연이어 진의를 파악해야 하는 말을 들었기 때문이다. 진의眞意란 무엇인가? 속에 품은 참뜻, 곧 진짜 의도다. "제가 좀 말이 서툴죠? 이해 부탁드립니다"라는 말이라도 좀 보태면 좋을 텐데, 어찌 본인이 하고 싶은 말만 따따따 하고 마는가. 자신이 서툴다는 사실을 인지한다면, 조금은 신경 쓰면서 말해야 하지 않을까.

나에겐 마음씨가 유독 따뜻한 친구 두 명이 있다. 타인에게 싫은 소리를 도무지 못 하는 성격. 단답을 하는 경우가 거의 없다. 때때로 지나친 예의, 배려 때문에 부담스럽다가도 예의 없는 상대를 맞닥뜨리고 나면, 착한 사람보다 위대한 사람은 없다고 생각을 고친다.

김려령 작가의 장편소설 『일주일』을 단숨에 읽

었다. 소설가와 국회의원의 사랑 이야기. 작가는 어찌 이런 독특한 관계를 설정했을까? 의아했는데, 결말로 가면 갈수록 두 주인공은 예사롭지 않은 인물이었다. 『일주일』에서 가장 중요한 문장은 "상대가 원하지 않는 것은 하지 않는 거, 그게 사랑이야"라는 말이다. 주인공 도연과 유철. 나는 두 사람의 사랑과 신뢰가 너무나 비현실적으로 느껴졌는데, 소설에서나마 만날 수 있다고 여겨져 두 인물을 만들어낸 작가에게 고마운 마음이 들었다.

김려령 작가를 좋아하게 된 계기가 있다. 소설 『너를 봤어』를 펴내고 만난 자리에서 그는 "가만히 보면 참 예쁘게 살 수 있는 사람인데, 이해할 수 없는 폭력이나 어떤 행위들로 힘들어지고 망가지는 모습을 볼 때 안쓰러웠다"라고 말했다. 이 말을 들은 것이 2013년. 이토록 오랫동안 잊히지 않는 말이라니, 나는 왜 이 문장이 이토록 특별하게 다가왔을까. 나를 가만두지 않은 어떤 폭력적인 말을 잊지 못해서였을까?

'좋은 마음'에서 시작된 행동이라 해도 상대는

다르게 느낄 수 있다. 곡해하는 것이 아니다. 당연히 불편한 말과 행동, 우리는 하지 않아야 한다. 상대를 불편하게 만들고 뒤돌아서 후회했다면 한시가 급하다. 서둘러 사과하자. 사람들은 칭찬보다 상처를 오래 기억한다. 누군가에게 상처가 될 말을 했다면 반드시 용서를 구해야 한다. 스스로 생각해보라. 폭언을 잊을 수 있는가? 잊었는가?

중요한 건 타인이 눈치채지 못할 마음이 아니다. 행동, 즉 처사處事다.

더 물어봐주는 사람

하고 싶은 말이 너무 많아서 등근육이 뻣뻣해졌다. 울분인가 분노인가 억울함인가 서운함인가. 모든 감정이 엉켜서 폭발하기 직전의 사람에겐 어떤 명약이 필요할까? 바로 물어봐주는 것이다. 무엇 때문에 이토록 힘들어하냐고, 어떤 일이 당신을 그렇게 고통스럽게 만드느냐고 질문하는 사람이 필요하다.

연예인들이 겪을 만한 에피소드를 경험했다. 마흔 생을 살면서 이토록 원색적인 비난은 처음이었다. 익명으로 썼지만 글쓴이가 누구인지 훤히 알 수 있는 글, 나를 특정한 글이 게시판에 올라왔다. 이런 글이 올라오면 내 입지가 좁아질 것이라고 확신한 듯했다. 하지만 내가 아닌 누구라도 글쓴이가 누군지 명백히 알 수 있는 글이라, 스스로 누워서 침 뱉은 글이 됐다.

따지고 물을 수 있었지만 묻지 않았다. 자신이 쓰지 않았다고 발뺌할 게 분명하니까. 그래도 떨리는 눈과 목소리를 직접 보고 들었어야 했나 싶지만, 똑같은 사람이 되고 싶지 않았다. 나의 근황을 묻는 사람들에게 자초지종을 설명했다. 지인들은 갖가지 반응을 보였는데 이것을 굳이 얘기한 내 마음에는 "저, 진짜 힘들었어요"를 증명하고 싶은 속내가 있었다. 아무리 태연한 척해도 정말 힘들었다.

매일 악플을 마주하는 연예인들은 얼마나 마음이 단단해야 할까. 이유 없이 자신을 싫어하는 사람들을 마주쳐야 하는 삶. 거대한 사랑 뒤에 숨은 집요한 질투, 견제, 미움. 그 모든 것을 감당하면서 또 언제나 웃어야 하고 감사해야 하고 겸손해야 하는 삶. 아무리 돈을 많이 벌어도 멘털이 약하면 견디기 힘든 일이다.

출판계 유명 유튜버를 만나 물었다. "악플을 볼때 어떤 마음이 드나요?"라고. 그는 악플이 많지 않은 편이지만, 그럼에도 악플을 겪고 내성이 생긴

듯했다.

"악플을 보면 그 글을 쓴 사람의 실체가 보이잖아요. 본인의 콤플렉스를 악플로 드러내는 거죠."

아, 맞다. 그렇지. 이 말이 어찌나 내게 위로가 되던지. 그래서 나는 악플을 쓰지 않는다. 내 콤플렉스를 만천하에 드러내는 게 싫어서. 내 실체를 글로 증명하는 것 같아서. 악플은 결국 그것을 쓴 사람에게 더 상처가 되는 흔적이다.

상상 초월의 에피소드를 겪은 후 내가 좋아하는 사람들의 유형이 더 분명해졌다. 일단 만나, 일단 밥 먹자, 일단 힘든 거 나한테 말해! 라고 연락해주는 사람들. 그들에게 절실히 고마웠다. 내 마음이 정리되길 기다려주고, 말 걸까 말까 망설이는 사람들에게도 고맙지만, '이 사람 지금 너무 힘들어서 말하고 싶겠구나' 판단되면, 앞뒤 재지 않고 연락하는 사람, 무엇이 당신을 그렇게 힘들게 하냐고 물어봐주는 사람이 좋다.

가끔은 손해 볼 줄 아는 사람

"그 사람 영리하지?"

"응. 엄청."

가끔은 손해를 볼 줄도 알았으면 하는데, 건건이 자신의 이익을 계산하는 한 사람을 떠올리며 나는 며칠간 속을 태웠다. "누군들 손해 보고 싶나요?"라고 말하고 싶었지만 나는 갑이 아닌 을, 아니 병, 정의 입장이니 입을 닫았다.

"우리는 동료지요. 동료."

나는 그의 말을 믿었다. 동료란 무엇인가. 같은 일을 '함께' 해내는 사람 아닌가. 그런데 왜 자꾸 그는 내 위에 서지 못해 안달할까. 따지고 보면 자신이 '갑'이라는 사실을 은근슬쩍 드러내는 그에게 나는 두 손을 들었지만, 두 발은 들고 싶지 않아 안간힘을 썼다.

후배가 밥을 사는 걸 절대로 못 보는 선배가 있다. 나는 늘 얻어먹는 일이 부담스러워 어느 날 선배에게 물었다.

"선배! 저는 매번 얻어먹는 걸 좋아하지 않아요. 2차는 제가 살게요. 그래야 저희가 다음에 또 만나 밥을 먹고 그럴 수 있지 않겠어요?"

몇 살 차이 안 나는 선배는 나를 가만히 쳐다보더니 "야, 네가 얻어먹은 거, 나중에 네가 좋아하는 후배한테 베풀면 되는 거야. 받아봐야 베풀 줄도 알지"라고 말했다. 이런 멋진 선배는 내 인생에 다시 나타나지 않았다.

정확한 사람을 좋아한다. 일에 있어서는. 하지만 관계에 있어 언제나 정확한 사람은 친해지기 어렵다. 딱 자신에게 도움되는 만큼의 친밀만 허락하는 사람. 그것은 적당한 거리라기보다는 칼보다 먼저 나간 방패다. 손을 잡기는커녕 내밀지도 않았는데 저 멀리서 작별 인사를 먼저 한다. 살짝 손이라도 닿았으면 어쩔 뻔했나? 상상만으로 무안해졌다.

일부러 손해를 본다는 사람을 만난 적이 있다.

상대의 마음에 무엇이 있는지가 궁금하다는 사람.
그것을 알아내 품어주고 싶다는 사람. 쉽지 않겠지
만 내가 정말 닮고 싶은 얼굴이었다.

그럴 수도 있지, 하고 생각하는 사람

3년 전, 초등학생이 되는 아이의 입학을 준비하면서, 초등학교 교사인 지인에게 물었다. "초등학교 1학년 학부모한테 부탁하고 싶은 말 같은 거 없어?" 털털한 지인은 딱 한마디를 보냈다. "'그럴 수도 있지'라는 마인드 장착 부탁드립니다." 가볍게 건넨 말이었을 텐데 마음에 콕 박혔다. 무작정 너그러운 부모가 되라는 의미는 아니었을 것이다. 아이를 키우는 과정에서 벌어지는 일들을 모두 예상할 수는 없으니, 마음을 비우라는 것. 덕분에 정말 초연해졌다.

사회 초년생, 초보 엄마 시절에는 만사가 애면글면 초조했다. 새로운 변화를 흔쾌히 받아들이지 못했고 자격지심이 목 끝까지 차올랐다. 내가 하고 있는 일에 집중하기보다는 시도하지 못한 일을 바라보며 아쉬워했다. 이것도 저것도 챙기지 못하는 상황, 혼자 뒤처진 느낌이었다. 정체도 성장의 한 과정이라는 것을 알지 못했다. 심사숙고해서 기획한 아이디어가 채택되지 않으면 곧바로 실망했고, 애써서 만든 콘텐츠에 독자들이 반응하지 않으면 무기력해졌다. 시간이 필요한 일들인데 즉각적으로 눈에 보이는 결과에 연연했다. 육아도 비슷했다.

일희일비를 안 하긴 어렵지만 되도록 덜 하면 좋다. 어차피 일어난 일이라면 후회보다는 수습에 방점을 찍고 뒤돌아보지 않아야 한다. 어떤 일이 일어나도 내 마음이 평온한 것보다 유익한 일은 없다. 일주일 후 옅어질 감정들에 관해서는 '그럴 수도 있지'라는 마음을 장착하는 편이 내 삶에 유리하다.

상대의 결점을 사랑해주는 사람

잡지를 보다 발견한 문장을 일기장에 적었다.

"여자는 자신의 장점 때문에 사랑을 받게 되는 경우에 때로는 동의도 하지만 언제나 바라는 것은 자신의 결점을 사랑해주는 사람이다."

프랑스의 소설가, 여성 심리를 해부한 대중소설을 주로 쓴 아베 프레보의 말. 글귀를 옮겨 적으며 나는 삐죽거렸다. '아니, 여자들만 그래? 남자들은 안 그래? 뭐야 이건!'

그런데 자꾸 잊히지 않았다. 근 10년 동안. 매년 떠올랐다면 과장일 테고 드문드문 2년에 한 번씩 아니 그보다는 조금 더 많이 생각났다. 사람들이 나를 좋아해줄 때 '진면목을 알고 좋아하시는 거예요? 저 단점 짱 많아요'라고 속으로 속삭인다. 내 단점을 슬슬 노출한다. '어, 제가 이렇게 까다로워도 좋아해주세요? 제 예민함을 이해하실 수 있어요? 그렇다면 우리는 찐 우정을 나눠요.' 이윽고 관계가 발전한다.

올해 봄 번아웃증후군에 시달렸다. 과업 달성 후 찾아오는 무기력증과 자기혐오, 회의감. 24시간을 쪼개고 쪼개서 회사 일을 하고 살림하고 육아를 감당하고 있는데, 나를 돌봐주는 사람은 아무도 없다고 느꼈다. 화가 났다. 하지만 해결책 또한 이미 알고 있다는 사실. 서둘러 내가 좋아하는 사람들에게 연락했다. "저, 좀 만나주세요." 여의도 IFC 몰에서, 을지로입구 스타벅스에서, 강남역 피자집에서 그들을 만났다. 자주 만나는 사람도, 그렇지 않은 사람도 있었지만 그들에게는 공통점이 있었다. 나를 있는 그대로 인정해주고 내 단점보다 장점을 더 귀하게 생각하는 사람, 나를 좋은 사람, 소중한 사람으로 느끼게 만드는 사람들이었다.

나를 인격적으로 존중해주는 사람을 만나면 버틸 힘이 생겼다. 내 단점이 오히려 장점이 될 수 있다고 해주고, 내 가치를 귀히 여겨주는 사람을 만날 때, 다시 일어설 용기를 얻었다. 사람 때문에 상처받은 사람들에게 말하고 싶다. 당신의 장점만 보고 달려드는 사람을 조심하라고. 당신의 결점을 기꺼이 받아주는 사람과 오래 관계를 맺으라고.

조연도 기꺼이 해내는 사람

박해영 작가가 쓴 드라마 〈나의 아저씨〉를 뒤늦게 정주행했다. 워낙 호평이 많았던 작품이지만, 몇 가지 설정이 아쉬워서 챙겨 보지 않았는데 결국 보고야 말았다. 결론은 '보길 잘했다'. 인간의 선의를 끝까지 포기하지 않는 작품이랄까. 작가는 어떻게 스토리를 생각해냈을까. 보는 내내 감탄했다.

주연인 이지은의 연기도 훌륭했지만 〈나의 아저씨〉는 명품 배우들의 집합소였다. 이선균의 형제로 출연한 박호산, 송새벽을 비롯해 김영민, 서현우, 정해균 등 드라마에 몰입할 수 없게 만드는 발연기를 하는 배우가 단 한 명도 없는 작품은 실로 오랜만이었다. 특히 이선균의 초등학교 동창 모임인 '후계 조기축구' 회원으로 등장하는 배우들의 연기는 압권이었다. 드라마 〈청춘기록〉에서 박보검의 아버지이자 하희라의 남편 역을 연기하기도 했던 배우 박수영이 가장 인상적이었는데 프로필을 찾아보니 역시 연극배우 출신이었다. 이외에도 멋진 배우들이 대거 출연했는데 아쉽게도 〈나의 아저씨〉 공식 홈페이지에서 이름을 찾을 수 없다(부디 방송사들은 작은 배역을 맡은 배우들의 이름도 모두 공개해주기를. 〈나의 아저씨〉 캐스팅 디렉터에게는 찬사를!).

간혹 톱스타들이 작은 배역을 맡아 열연할 때, 시청자로서 반갑다. "주연 아니면 못 해! 안 해!"라는 고집이 없는 사람들. 현실에서도 간혹 만난다. 기꺼이 주인공의 자리를 양보하고 상대에게 더 큰 조명이 비춰지는 걸 탐탁해하는 사람. 언제라도 또 만나고 싶은 사람이다.

적당히 명랑한 사람

"걸음걸이는 그 사람의 매력을 판단하는 척도"라는 글을 읽은 적이 있다. '아, 걸음걸이가 이렇게나 중요하다니' 처음 듣는 이야기였다. 나의 엄마는 어릴 적부터 "무릎을 스치듯이 걸으라"고 말했다. "11자로 걸으라"는 잔소리는 열 살 아들에게 내가 자주 하는 말이기도 하다. 성격 급한 나는 평소 종종걸음으로 걷지만, 그래도 조금은 걸음걸이에 신경을 쓴다. 그리고 다른 사람의 걸음걸이도 눈여겨본다. 시원시원한 걸음걸이를 좋아한다. 엉덩이를 씰룩씰룩하면서 걷는 사람은 방정맞아 보인다. 지나친 팔자걸음도 품위 없어 보인다. 적당한 속도로 우아하게 걷는 사람을 보면, 호감이 인다.

사람 보는 눈이 까다로운 나는 사실 걸음걸이보다는 목소리로 호감을 갖고, 또 호감을 버리기도 한다. 지나치게 큰 소리로 말하는 사람, 주위를 지나치게 의식하는 소심한 사람은 선뜻 친해지기 어렵다. 주변 분위기는 전혀 아랑곳하지 않은 채, 자기 할 말은 기어코 하고야 만다는 태도를 볼 때에도 나는 멀찍이서 그에 대한 호감을 버린다.

이규리 시인의 『돌려주시지 않아도 됩니다』를 읽다가 103쪽에 눈이 머물렀다. "지나치게 명랑한 사람을 경계하라. 지나치게 팽팽한 풍선은 위험하다."

TV에서, 신문에서, 책에서, 현실에서 지나치게 명랑한 사람을 볼 때마다 나는 불안하다. 그 명랑함이 너무 지나쳐 에너지가 금세 소진되지 않을까 불안하다. 고독함이라곤 전혀 찾아볼 수 없는 지나친 명랑 속에 그가 가진 불안이 읽혀 썩 유쾌하지 않다.

자유가 더 소중하다고 말하는 사람

휴직 3주 차, 어색한 일상을 보내는 중이다. 초등
학생 아이를 학교에 보내야 하니 기상 시간은 동
일하지만 평일 오전과 낮을 홀로 보내니 무척 낯
설다. 설거지를 하고 빨래를 하고 청소기를 휘리릭
돌리고 나면 10시. 컴퓨터를 켜려고 하니 택배가
도착했다는 알림이 울리고, 소독을 신청하라는 아
파트 관리 사무소 안내 방송이 들린다. 어제 못 본
드라마 재방송을 보고 싶은 충동을 기어이 참고 컴
퓨터를 켰는데 뭔가를 사라는 광고 배너가 수시로
뜬다. 지금이 11시 45분이니까 그럼 15분만 더 딴
짓을 하고 정오에 일을 시작하면 되지 않을까? 배
너를 클릭하고 보니 텅 빈 냉장고가 떠오른다. 온
라인쇼핑몰에 접속해 자주 사는 상품 메뉴를 클릭
하고 저녁 반찬거리를 장바구니에 담다 보니 어느
새 12시 30분이다. 슬슬 배고프니 빵 한 조각을 꺼

내고, 뭔가를 먹으면서 글을 쓰긴 어려우니 잠깐 유튜브에 접속한다. 딱 20분만 보기로 마음먹었는데 유튜브 알고리즘에 빠져버리고 이제 아이가 학교에서 돌아올 시간이다. 간식을 챙겨주고 어서 숙제를 하라고 잔소리를 한 뒤 다시 책상에 앉으려고 하지만 아이는 30분마다 엄마를 호출한다. 결국 거실에서 실내 자전거를 타면서 책을 읽기로 결정. 오늘도 한 단락만 쓸 수는 없으니까, 저녁은 간단히 준비하고 남편이 퇴근할 시간만 기다린다. 저녁을 차려주고 설거지를 하고 다시 컴퓨터를 켠다.

세 달간 독서실을 끊을까? 근처 도서관에 매일 출근할까? 동네 카페에 가볼까? 갖가지 고민을 했지만 문제는 컴퓨터. 나는 기계식 키보드에 적응된 사람이라 노트북의 가벼운 키감으로는 글이 안 나온다. 다리도 쭉 뻗고 앉아야 한다(발 받침용 간이 의자가 필요하다는 이야기). 집중이 안 될 때면 헤어밴드로 머리를 바짝 올려야 한다. 아무리 생각해봐도 내가 사용하는 노트북의 모니터 크기는 너무 작다. 지금 내게 필요한 건, 내가 사용하는 데스크톱 컴퓨터를 그대로 옮겨둔 작업실이다. 두 달만 이 작업실을 구할 수 있다면 나는 마감할 수 있을까.

졸업 후 쉬지 않고 회사를 다녔다. 외근(취재)이 많지만 매일 사무실로 출퇴근하는 직장인으로. 자신의 시간을 자유롭게 활용하는 주변의 많은 프리랜서들을 보면서 부럽고 두려웠다. 하고 싶은 일을 내가 원하는 시간에 할 수 있는 자유는 부러웠지만, 꾸준히 일감을 확보할 자신이 없었다. 하기 싫은 일을 적당히 감내하면서 정해진 시간에 출근하고 퇴근하는 인생이 나에게 맞았다. 아니, 그렇다고 생각했다.

"언니, 나도 직장인이 내 체질에 맞는 줄 알고 10년을 버텼는데 아니더라. 프리랜서 꽤 괜찮아. 수입이 들쭉날쭉한 것만 감안하면. 여행도 훌쩍 떠날 수 있고. 일단 내가 일하고 싶은 사람을 고를 수 있다는 장점이 어마어마해."

10년째 프리랜서로 살아가고 있는 후배는 3년간 직장 생활을 한 뒤 자신에게 맞는 라이프스타일을 찾았다. 느지막하게 일어나 커피를 마시고 좋아하는 팟캐스트를 틀어놓고 일을 시작한다. 작업실은 집에서 도보로 20분. 운동을 위해 부러 걷거나 자전거를 이용한다. 미팅이 없는 날에는 간소하게 샐러드 도시락을 싼다. 하루 종일 혼자 작업하는 날에는 적막한 기분도 들지만 불필요한 사회생활을 하는 것보다는 감내할 만하다. 조직은 안정감을 주었지만 자존감은 가져갔다. 후배는 회사라는 조직 안에서는 공저로 두 권의 책을 썼지만 독립한 후 단독 저서를 1년에 한 권씩 펴내고 있다. 글은 점점 더 자유로워지고 있다.

다시 노트북을 들었다. 귀찮아도 마우스를 챙겨 카페로 향했다. 주차가 편리한 큰 카페를 골라 구석 테이블에 앉았다. 노트북 배터리가 다 닳기 전까지는 어떻게든 의자에 앉아 있겠다는 결심으로. 평일 낮 여유롭게 수다를 떠는 사람들은 편안해 보였다. 그들도 집에 가면 갖가지 걱정거리가 밀려오겠지만, 차를 마시는 이 순간만큼은 평온한 얼굴이다. 달달하고 쌉쌀한 자몽허니블랙티를 벌컥벌컥 마시며 지금은 단독자로 선 내 일상을 즐기기로 했다. 앞으로의 삶이 어떻게 펼쳐질지 나는 모른다. 다만 확신하는 건 때마다 길이 열릴 것이고, 새로운 배움이 찾아오리라는 사실이다. 아니면 뭐 어떤가. 언제는 모든 일이 계획대로 됐던가. 지금의 삶에 충실하다 보면 작은 문이라도 열리리라.

작은 일을 잘해내는 사람

책을 읽다가 오타를 발견했다. 편집자나 저자에게 알려주고 싶어서 전전긍긍하다가 '이미 알고 있겠지' 생각하고 따로 말하지 않았다. 친하지도 않은데 자신의 실수를 누군가가 알려주면 부끄러우니까. 하지만 책의 완성도를 위해서는 실수를 알고 수정하는 편이 더 나은 것 같아서 종종 편집자들께 묻곤 한다. "오타를 발견하면 알려드리는 게 좋은가요? 아니면 이미 확인했을 가능성이 높으니까 말하지 않는 게 나아요?" 편집자들은 대개 "알려주세요"라고 말하지만 100퍼센트 진심인지는 잘 모르겠다. 그래서 나는 열 번 중에 두 번 정도만 이야기를 한다.

오타, 비문, 맞춤법, 숫자 오류 등을 지적하면 파르르 떨며 화내는 사람을 만났다. 일을 매우 엉성하게 하는, 쇼맨십이 큰 사람인데 내 지적에 벌컥

화를 내더니 "이런 사소한 것들에 집착하지 말고 큰 그림을 보라"고 했었나. (정확하게 기억나는 건 아니지만) 답변이 너무 실망스러워서 메신저 화면을 캡처해놓았다가 내내 기분이 나빠서 지웠다. 일을 잘하는 사람이라면 기분이 살짝 상해도 자신의 실수를 선한 의도로 지적해준 상대의 마음을 헤아려 감사하다고 말할 줄 안다.

작은 일을 잘해내는 사람이 큰일도 잘한다고 확신한다. 음식을 잘하는 식당에 가면, 수저통이 깨끗하고 소스통의 청결까지 신경 쓴다. 커피를 잘하는 카페에 가면 따뜻한 머그잔에 커피를 내려준다. 물기는 당연히 없다. 언젠가 홍대의 작은 카페에 혼자 들어갔는데 플라스틱 컵에 핫초코를 줘서 매우 충격을 받았다. 한 달 후, 그 카페는 폐업했다.

무엇이 작을까? 무엇이 큰가? 정답은 없다. 하지만 큰 그림을 보기 때문에 작은 부분에도 실수하지 않으려고 애를 쓴다. 더 잘 보려고 노력하는 마음으로부터 좋은 결실이 탄생한다.

끝인상이 좋은 사람

어제는 친한 후배 두 명이 퇴사할 예정이라는 소식을 전해왔고, 오늘은 타 회사 분이 퇴사 소식을 메일로 알려줬다. 아무리 바빠도 즉각 회신을 하는 메일이 바로 '퇴사하는 사람'들이 보내준 편지다. 사회 초년생 시절에는 이직을 여러 차례 했다. 새로운 환경을 딱히 싫어하지 않는 성격이었고, 더 재밌게 일할 것 같은 곳이면 크게 고민하지 않고 회사를 옮겼다. 이직을 하면서 배운 것 중 하나는 '웬만하면 예전 회사에 놀러 가지 말아야지'다. 아무리 친했던 동료, 선후배가 있어도 퇴사한 사람이 회사에 놀러 오면 묘하게 불편한 공기가 생겼다. "놀러 오라"고 해놓고서 막상 오면 어색해하는 광경을 여러 번 목격했다. 회사는 놀러 오는 공간이 아니니까 정 만나고 싶은 사람이 있다면 밖에서 만나는 것이 더 나을 성싶었다.

이직의 경험이 쌓인 후, 친하든 친하지 않든 퇴사하는 사람을 쓸쓸하게 보내지 않으려고 한다. 작은 선물이라도 챙기고 사무실을 떠날 때 엘리베이터까지 배웅한다. 미운 정이 더 많은 회사라도 많은 시간을 함께 보낸 공간이다. 좋은 곳으로 이직하는 상황이라도 100퍼센트 후련한 감정만 생기진 않는다. 회사가 서운하게 했는데 사람까지 서운하게 하면 쓸쓸한 마음이 두 배가 된다.

　오늘 받은 메일에는 첨부파일이 두 장 있었다. 4년 전, 모 배우와 인터뷰하는 내 모습이 담긴 사진. 그는 "몇 번 뵙지도 못했고, 오래 대화를 나눈 적도 없지만 그럼에도, 늘 반갑게 인사 받아주시고 일을 도와주셔서 감사했습니다"라며, 추억이 깃든 사진을 보내줬다. 그리고 "늘 많이 웃으시고 좋은 책 내주시길 부탁드린다"라고 했다. 내가 요즘 많이 못 웃고 사는 걸, 알고 계시나? 고마운 마음이 식기 전에 후다닥 답장을 썼다. 앞으로 어떤 새로운 일을 하실지 모르겠지만 축복하고 응원한다고. 그런데 아무리 메일을 다시 읽어봐도 내가 더 큰

덕담을 받은 것 같다. 이렇게 끝인상까지 좋은 사람이 있을 수 있구나, 조금 놀랐다.

두 달에 한 번 꼴은 퇴사 인사 메일을 받는다. 대개 수신인 이름만 바꾼 전체 메일이지만 발신인의 성품이 고스란히 드러나는 메일을 받기도 한다. '이렇게 멋지게 마음을 쓰는 분이었네?' 놀라기도 한다. 나도 작별의 편지를 쓰게 되면 너무 상투적인 말을 하기보다는 구체적인 고마움을 표현해야겠다고 생각한다.

있을 때 잘해야지 헤어지는 마당에 좋은 인상을 주는 게 뭔 소용인가 싶지만, 마지막이라서 진심을 표현하는 일이 가능할 수 있다. 첫인상도 중요하지만 더 오래 남는 건 끝인상. 첫인상은 내가 어찌할 도리가 없는 경우가 많지만, 끝인상은 내가 만들 수 있다.

프롤로그에 등장하는 후배가 며칠 전 물었다. "선배는 어떤 어른이 되고 싶어요? 전 좀 더 우아하고 품위 있고 싶은데, 가지지 못한 것이니 포기해야 할까요?" 나는 답했다. "우아, 품위는 한 번도 꿈꿔보지 못한 단어인데. 너그러운 사람? 품어주는 사람? 사랑이 많은 사람? 이런 게 나의 워너비지."

좋아하는 사람들의 이야기를 해보고 싶어서 오랫동안 썼다. 좋은 사람이 되고 싶은데 그러지 못해서, 부족한 게 많아서 쓰게 된 글들인 것 같다. 너무 솔직하게 써서 부끄럽기도 하고 솔직하게 썼기 때문에 후련한 마음도 있다.

모든 사람에게 좋은 사람이 되는 건 불가능하다. 나쁜 사람에게는 나쁜 사람이 되어야 할 때도 있으니까. 다만 내가 바라는 것은 손 내밀어주길 바라는 사람의 신호를 모른 체하지 않고 살아가는 삶,

고마운 마음을 애써 꽁꽁 싸매지 않고 자주 표현하며 살아가는 삶이다.

후배가 다시 물으면 이렇게 답하고 싶다. 눈치를 잘 보는 어른이 되고 싶다고. 상대의 마음과 태도를 잘 살펴서 상처를 주지 않는 사람, 따뜻한 말 한마디가 필요할 때 망설이지 않고 표현하는 사람이 되고 싶다고. 책에 이렇게 희망 사항을 밝혔으니 괜찮은 사람이 되도록 무진장 노력해야 한다. 벌써 등골이 오싹하다.

거실에서 키보드를 두드리며 원고를 쓸 때, 책 제목은 '보석의 말들'이 어떠냐며 의견을 주고, 오타와 띄어쓰기를 고쳐준 자칭 '종천이(종이접기 천재)', 필명 '왕만두' 아들에게 가장 큰 고마움을 전하고 싶다. 아이가 어떤 말을 해도 무시하지 않고 잘 들어주는 엄마가 되는 것이 부모로서의 가장 큰 목표였는데, 요즘 아이로부터 종종 "엄마, 내 말 왜 씹어"라는 말을 듣는다. 일상이 바빠 아이의 질문이 끝나자마자 즉답을 해버리니, 아이는 자신의 말을 엄마가 제대로 듣지 않는다고 여긴다. 반성할 일투성이다. 자꾸 깨닫고 고치고 변해야 한다.

"자기가 흔들리면 누굴 사랑할 수 없다"는 이야기를 자주 기억하며 살고 싶다. 튼튼한 사랑을 주고 싶어서 단단해지고 싶다. 2021년 여름, 인터뷰로 인연을 맺은 K작가님께서 해주신 이야기가 오랫동안 감사했다.

"하고 싶은 말 있으면 언제든지 연락하세요. 답은 못 줘도 들어줄 순 있어요. 잘 들어줄게요."

소중한 사람들에게 나도 꼭 같은 말을 해주고 싶다.